R. Daniel Roth

Warum man den Bäcker grüßen sollte

AF289170

R. Daniel Roth

Warum
man den Bäcker grüßen
sollte

und andere Geschichten

Bibliografische Information der Deutschen Nationalbibliothek:
Die Deutsche Nationalbibliothek verzeichnet diese
Publikation
in der Deutschen Nationalbibliografie; detaillierte
bibliografische Daten sind im Internet über http://dnb.dnb.de
abrufbar.

© 2026 R. Daniel Roth

5. überarbeitete Auflage

Druck: Libri Plureos GmbH, Friedensallee 273
22763, Hamburg
Verlag: BoD · Books on Demand GmbH,
Überseering 33, 22297 Hamburg, bod@bod.de

Umschlagbild: Kim Roth

ISBN: 978-3-7583-1446-9

Inhalt

Teil 1

Ein kleiner Bub im U-Bahnhof

München. U-Bahnhof Universität.

Ich gehe mit Anna Passfotos machen. Während wir vor dem Automaten auf die Bilder warten, zupft mich ein kleiner Bub. Er will unbedingt meine Trillerpfeife haben, die ich auf einem italienischen Markt erworben habe.

„Die Pfeife brauche ich," sage ich, „wie soll ich sonst meinen Freunden pfeifen?"

Der Kleine zieht weiter an der Pfeife am Schlüsselbund, der an einem Karabinerhaken an meinem Gürtel baumelt.

„Ich muss auch meinen Freunden pfeifen!" sagt er.

Das leuchtet mir ein, und ich gebe ihm die Pfeife.

Der Kleine versteckt meine Pfeife in seiner rechten Hosentasche. Hält sie dort fest. Und schaut auf seine Füße. Die in schmuddeligen Sandalen klemmen.

„Ich habe Hunger!" sagt er.

„Wo wohnst du denn?" frage *ich* ihn.

Der Junge hebt seinen Kopf.

Was hat das mit meinem Hunger zu tun, fragen seine hellen Augen durch die Haarsträhnen auf seiner Stirn.

Die rechte Hand ruht weiter in seiner Hosentasche. Die linke zupft wieder an meinem Schlüsselbund. An dem jetzt keine Pfeife mehr hängt.

„Du musst pfeifen!" sage ich, „dann kommen deine Freunde und bringen dir was zu essen."

„Ich hab' Hunger!" sagt der Kleine.

„Willst du uns nicht sagen, wo du wohnst?" wiederholt jetzt Anna.

„Weiiiit," sagt der Junge, schielt durch seine Haare. Und deutet auf das schwarze Loch aus dem gerade ein U-Bahnzug knirschend hereinfährt.

Seine Hände schweigen jetzt solidarisch in den Hosentaschen.

Er lächelt. Es ist ein ungeübtes Lächeln. Und doch wirkt es verschmitzt.

Das macht der fehlende linke Schneidezahn, denke ich.

Ich gehe zum Kiosk.

Der Kleine folgt mir.

Anna auch.

„Willst du eine Bockwurst?"

„Lass ihn doch!" sagt Anna, „merkst du nicht, dass er sich schämt?"

„Und?" frage ich ihn nochmal und beuge mich zu ihm runter, „willst du nun eine?"

„Ja-mit-Brot," sagt er schnell und schaut an mir vorbei auf die Aus- und Einsteigenden.

„Eine Bockwurst, bitte!" sage ich zur Kioskfrau, die breit in ihrem Warenkasten thront.

„Und eine Limonade - du willst doch Limonade?" frage ich zu dem Jungen hinunter.

Der Kleine starrt mich an.

„Senf oder Ketchup?" schnarrt die Kioskfrau.

„Willst du Senf oder Ketchup, mein Freund?" frage ich in seine Augen, die mich misstrauisch ansehen.

„Du bist nicht sein Freund, nur weil du ihm eine Bock-wurst kaufst," sagt Anna.

Darauf weiß ich nichts zu sagen. Der Kleine auch nicht.

Ich sehe seine geballte Faust, die sich auf seiner rechten Hosentasche abzeichnet.

„Senf oder Ketchup?" wiederholt die Frau und knallt eine Flasche gelbe Limonade vor mich hin.

Der Junge schaut wieder auf seine Füße.

„Geben Sie mir beides, Senf und Ketchup," sage ich.

Die Frau schüttelt unwillig den Kopf. Spritzt dickliche braune und rote Soße aus zwei Plastikflaschen auf und um die Wurst herum.

Ich stelle die Bockwurst mit Senf und Ketchup neben die Limonade auf die Kioskablage.

Anna mustert mich. Deutet dann mit dem Kinn auf den Kleinen.

Ich begreife, der Junge dessen Freund ich angeblich nicht bin, erreicht die Sachen nicht.

Als ich ihm einen nahestehenden leeren Bierträger als Podest hinrücke, schiebt er ihn mit dem Fuß beiseite.

„Das sieht doch doof aus!" sagt er, streckt sich und fingert zur Ablage hoch.

Der Pappteller kippt zu ihm hin. Ein paar Brösel lösen sich aus der Semmel. Und fallen in seine struppigen Haare.

Schließlich kriegt er die Wurst zu fassen.

Er stopft sie mit beiden Händen in seinen Mund. Und kaut sie gierig in sich hinein.

„Schmeckt's?" frage ich.

Der Junge hebt seinen Kopf. Sein Gesicht ist rot und gelblichbraun verschmiert. Jetzt greift er nach der Semmel. Und steckt sie zur Wurst in seinen Mund.

Irgendwie gelingt es ihm, Wurst und Semmel gleichzeitig im Mund zu behalten. Die Limonade hat er noch nicht angerührt.

Geht weg, sagen seine Schultern.

Und auf einmal zieht er meine Trillerpfeife aus seiner Tasche.

Vielleicht will er jetzt seinen Freunden pfeifen, denke ich.

Aber er hält sie nur fest umklammert in seiner Hand.

„Lass uns gehen!" sagt Anna, „deine gönnerhafte Pose ist ihm peinlich."

Dir oder ihm? Denke ich.

Jetzt zupft *sie* mich am Schlüsselbund.

Der Junge mampft weiter in sich hinein. Mit einer Hand hält er die Pfeife. Mit der anderen die Wurst.

Dann schaut er zur Limonade hoch.

Die Kioskfrau wirft einen Blick auf den Jungen. Dann auf mich und Anna. Schüttelt noch einmal den Kopf.

„Warte! Ich mach sie dir auf," sagt sie, öffnet die Flasche. Und schiebt sie an den Rand der Ablage.

Der Kleine streckt sich.

Anna sieht mich erwartungsvoll an. Nimmt dann die Flasche von der Ablage. Und hält sie dem Jungen hin. Der Junge schaut ein paarmal um sich, hebt die Flasche an seine Lippen. Und trinkt die Limonade ohne abzusetzen aus.

„Ciao," sage ich.

„Tschüss," sagt Anna.

„Wir hätten ihn mitnehmen sollen!" sagt Anna, während wir die Treppen aus dem U-Bahnhof hochsteigen.

„Wen?"

„Den Kleinen eben. Der hatte echt Hunger."

„Nun, deswegen habe ich ihm eine Bockwurst gekauft."

„Er hat bestimmt niemanden, der sich um ihn kümmert", sagt Anna.

„Ich verstehe nicht, wie du dir das vorstellst, Anna? Da mischt man sich nur in etwas ein!" sage ich.

Ein Radfahrer klingelt uns beiseite, als wir zum Mensa-Gelände abbiegen.

„Wir hätten ihn mitnehmen sollen!" beharrt Anna.

„Entschuldige mal, meine Liebe! Man kann doch nicht einfach anderer Leute Kinder mitnehmen!"

„Woher willst du das wissen?"

„Was wissen?"

„Ob er anderer Leute Kind ist?" sagt Anna.

„Unser Kind ist es doch wohl nicht!" sage ich.

Anna bleibt ruckartig stehen.

„Tut mir leid!" sage ich und suche nach ihrer Hand.

„Er war so allein mit d e i n e r Wurst!" sagt sie. Und zieht ihre Hand zurück.

Litfaßsäule

Schwabing, 20. März. Ich schiebe mich auf der eisbedeckten Destouchesstraße gegen den schneidenden Wind in Richtung Pündterplatz dem Frühlingsanfang entgegen. Es ist kalt. Zu kalt, um daran zu glauben. Vor mir schlurft ein Mann mit Mantel und Pelzmütze gebückt über den harschigen Gehweg.

Seine Hände drängen sich tief in seine Manteltaschen. Rote *Moonboots* umranden klobig seine Füße und Unterschenkel.

Ich kauere mich in seinen Windschatten.

Doch dann kommt der Mann so unvermittelt zum Stillstand, dass ich Mühe habe, nicht auf ihn zu rutschen. Und ärgere mich über sein unangekündigtes Abbremsen.

Er starrt auf die Litfaßsäule, die vor uns aus dem Schnee ragt.

Er zieht seine Hände aus den Manteltaschen. Seine Arme hängen schwer an seinen Schultern. Wie bei jemandem der viel mit sich herumträgt. Und es nirgendwo abladen kann.

Ich beuge mich vor, schiele an seinem Mantelkragen vorbei.

Links vom Gehweg türmen sich vereiste Schneehaufen. Rechts an der Hauswand wölbt sich spiegelglatt das gefrorene Tauwasser der tagsüber tropfenden Eiszapfen.

Die Lage ist klar: Überholen ist unmöglich.

Und umkehren will ich nicht.

Zitternd schmiege ich meine Wangen an die vereisten Ränder meines Schals.

Um nicht auszurutschen, trete ich vorsichtig mit einem Bein auf das andere. Und sage: „Entschuldigung!" gegen seinen Rücken.

Der Mann fixiert bewegungslos die Litfaßsäule.

Ich tippe mit meinem Handschuh auf seine Schulter. Doch der Mann nimmt keine Notiz von mir.

Ich könnte ihn einfach beiseiteschieben. Denke ich. Doch wenn er dabei stürzt, reißt er mich mit sich.

Der Mann starrt entrückt auf das Plakat. Als sähe er in eine andere ferne Welt, die das Bild auf der Litfaßsäule in ihm erweckt.

Ich sehe eine Gruppe überlebensgroßer junger Leute mit braunorangenen Gesichtern. Drei flotte Männer in offenen Hemden, aus denen viel Brusthaar hervorquillt. Alle drei auf blitzblanken Motorrädern um eine Frau gelagert, blond und in einem verkrampften Lachen erstarrt.

Was fasziniert ihn an diesem Plakat? Denke ich.

„Kann ich Ihnen helfen?" grummele ich unter meinem Schal hervor.

Der Mann dreht sich zu mir um. Sieht mich mit glasigen Augen an. Als wundere er sich, einen zweiten Betrachter neben sich vorzufinden.

Ich schaue noch einmal auf das Plakat.

Es fordert mich auf, den Augenblick in vollen Zügen zu genießen. Stattdessen stehe ich hier blockiert hinter diesem merkwürdigen Betrachter. Und genieße ganz und gar nicht.

Es fängt zu dämmern an. Die Farben auf der Litfaßsäule werden blasser.

Die Scheinwerfer eines vorbeifahrenden Autos wischen grell über die Motorradgruppe auf der Säule.

Der Mann packt mich am Arm.

„Das Mädchen da! Sehen Sie doch!"

Seine Stimme ist hoch und glucksig.

„Ja, ein Plakat. Was ist damit?" sage ich ärgerlich.

Ich friere und fühle mich eingeklemmt.

Dabei müsste ich nur umkehren.

Das will ich aber nicht.

„Die Kleine dort!" sagt der Mann und deutet auf die überlebensgroße Einheitsfrau.

„Ja," sage ich unwillig, „irgend so ein Model, das für eine bescheuerte Zigarettenmarke wirbt. Was ist mit ihr? Und was, vor allem, habe *ich* damit zu tun?"

Ich recke meinen Kopf aus der Deckung.

Sofort spüre ich den schneidenden Wind.

„Die Kleine dort zwischen den Motorrädern, das ist meine Tochter!"

Na klar, denke ich, auch Models haben Väter.

„Trotzdem, wäre ich froh, wenn Sie mich jetzt vorbeiließen," sage ich.

Wie aus weiter Ferne senkt sich sein Blick auf mich. Und bleibt überrascht auf mir haften.

„Aber ja, natürlich. Bitte, junger Mann! Ich wollte sie nicht belästigen. Sie können es ja nicht verstehen, wie es ist, seine Tochter nur auf Plakaten zu haben."

Und noch ehe ich ihn warnen kann, betritt er die leicht gewölbte Eisfläche nahe der Hauswand.

Natürlich stolpert er. Fällt mir in die Arme. Und bringt auch mich aus dem Gleichgewicht.

Wir kreiseln um uns herum. Fangen uns gegenseitig auf. Drehen uns, tief umschlungen, mehrere Male um uns herum.

Als wollten wir einen neuen Tanz zusammen einstudieren.

Schließlich gelingt es uns, tänzelnd und uns immer wieder umarmend, wieder zum Stehen zu kommen.

Erfreulicherweise habe ich mich bei diesem Eistanz an ihm vorbeigeruckelt.

Doch als ich weitergehen will, hält der Mann mich fest.

„Sie müssen wissen. Sie kommt nie. Ich habe nicht einmal ein Foto von ihr. Ein Vater will seine Tochter ab und zu sehen. Verstehen Sie das?"

Da ist sie doch, denke ich.

Überlebensgroß. Und von allen Seiten einsehbar.

„Ich bin kein Vater," sage ich und versuche seine Hand abzuschütteln, ehe wir noch einmal ins Rutschen geraten.

Doch der Mann will mich nicht loslassen.

„Da ist sie doch, werden Sie sagen. Wir betrachten sie ja gerade. Ja, riesengroß und immer lachend.

Aber wissen Sie was?

Sie lacht gar nicht.

Schauen Sie doch mal genau hin! Sie lacht nicht."

Seine Stimme ist brüchig geworden.

„Entschuldigen Sie, junger Mann! Ja, ich weiß, Sie möchten weitergehen.

Es ist kalt, nicht der richtige Ort für ein Familientreffen. Zudem Sie auch nicht zu dieser traurigen Familie gehören.

Sie möchten nach Hause. In ein warmes Wohnzimmer.

Zu Ihrer Familie. Zu Ihrer Tochter. Oder zu ihrem Sohn."

Wieder fährt ein Auto vorüber. Die Scheinwerfer mischen Regenbogenfarben in seine plierigen Augen. Und bringen die festgefrorenen Tränen auf seinen Wangen zum Glänzen.

„Sie haben ja recht," brummelt der Mann und sieht mich ratlos an, „das ist kein Platz für ein Rendezvous mit seiner Tochter."

Eine Woge Mitleid zieht unter meinen Mantel. Sie reicht aber nicht aus, mich für ein Verweilen an dieser unwirtlichen Stelle zu erwärmen. Ich will ihn aber auch nicht ohne ein abschließendes Wort einfach so stehen lassen.

„Ich habe weder Sohn noch Tochter," sage ich und versuche mich aus seinem Griff zu befreien.

„Nein, kein guter Platz," wiederholt der Mann," schüttelt seinen Kopf. Lässt meinen Arm los. Und ich beeile mich, von ihm wegzukommen.

Als ich in die Ansprengerstraße einbiege, bleibt eine ältere Dame unmittelbar vor mir stehen. Setzt ihre Einkaufstasche ab, die ihr offenbar zu schwer geworden ist.

Um sie nicht umzurennen, weiche nun ich auf die gewölbte Eisfläche aus.

Verliere den Halt unter meinen Füßen, stürze auf meinen Rücken. Und schlage mit dem Hinterkopf derb auf die harte Eisfläche.

Ich spüre das kalte Eis unter meinem Rücken.

Der Mann scheint meinen Sturz beobachtet und seinen Litfaßaltar verlassen zu haben.

Denn plötzlich sehe ich sein Gesicht über mir.

„Oh du mein Gott, sind Sie gestürzt?"

Verdammter Familienkram. Denke ich.

„O du mein Gott, o du mein Gott," stammelt der Mann unentwegt weiter und wackelt mit fuchtelnden Armen auf eine naheliegende Telefonzelle zu.

Inzwischen ist es dunkel geworden. Aus den Fenstern der Destouchesstraße zuckt violettblaues Licht auf die Eisflächen.

Wenigstens friere ich nicht mehr, denke ich, während das Gefühl aus meinem gesamten Körper entweicht.

Ich denke noch, die Gehwege sollten winters besser geräumt werden!

Fußgänger benötigten Bremslichter!

Und Väter sollten ihre Töchter nicht nur auf Litfaßsäulen haben!

Dann kommt der Notarzt.

Lese-Oase

Es ist 13 Uhr 05. Ein Maisamstag in München. Wie auf zwei gegenläufigen Fließbändern rollen Ströme von Spaziergängern zwischen 'Siegestor' und 'Münchner Freiheit' hin und her.
Ganz Schwabing scheint auf den Beinen zu sein. Herausgelockt durch die ersten warmen Sonnenstrahlen. Auch Anna und ich bewegen uns im Fluss der Schlendernden.

Ecke Kaiserstraße lassen wir uns vor der Buchhandlung 'Lese-Oase' von den in den Gehweg geschobenen Bücherkästen ablenken.
„Ich geh nur rasch einen 'Sprotte'-Kalender für Omi kaufen!" sagt Anna. Omis Geburtstag stehe vor der Tür. Und sie liebe doch Sprotte.
.
Trotz langem Samstag informiert uns ein Schild auf der gläsernen Eingangstür über eine vorzeitige Schließung des Ladens um 13 Uhr.
Die alte Dame weist alle weiteren um Einlass Begehrenden, mit einem Krückstock wortlos auf das Hinweisschild zeigend, freundlich ab.
„Die Mutter des Inhabers," flüstert Anna. Geht auf sie zu. Und wird durchgelassen.
Ich muss draußen bleiben.
Die Frühlingssonne liegt auf den Bücherkästen. Ich krame uninteressiert darin herum. Beobachte aus dem Augenwinkel, wie willige Buchkäufer abgewiesen werden.
Nur hin und wieder wird der eine oder andere durchgelassen. Sie haben wohl Beziehungen. Kennen den Inhaber. Oder jemanden der den Inhaber kennt. Oder sie kennen, wie Anna, die weißhaarige Dame selbst. Oder werden von ihr erkannt.
München, die nördlichste Stadt Italiens.

Ein älteres Paar nähert sich mit drei Büchern der Glastür. Sie gehören nicht zu den Privilegierten und werden abgewiesen.

Der Mann scheint sich jedoch nicht damit abfinden zu wollen. Er deutet auf den vor der Eingangstür postierten Bücherkasten.

„Die Bücher hier," er wedelt mit den drei Büchern vor dem Gesicht der alten Dame, „die sind aus diesem Kasten. Wozu steht er noch hier, wenn ich mich nicht daraus bedienen darf? Er fordert mich geradezu zum Kauf heraus!"

Die alte Dame schaut lächelnd auf die ihr vorgehaltenen Bücher und schüttelt den Kopf.

Worauf der Mann wahllos zwei andere Bücher aus einem der Bücherkästen nimmt und neuerlich auf die alte Dame zusteuert.

Immer noch lächelnd verwehrt sie ihm durch Querhalten ihres Stocks den Zutritt zur Buchhandlung.

„Aber Sie können doch nicht Bücher zum Verkauf anbieten und einen dann nicht damit zur Kasse lassen! Sie verleiten mich ja geradezu zum Diebstahl," bellt der Mann, „wollen Sie das? Wollen Sie, dass ich zum Dieb werde?"

„Lass Sie, Arthur! Du siehst doch, sie wollen uns nicht mehr hineinlassen! Du brauchst die Bücher nicht," versucht ihn seine Begleiterin zu beschwichtigen.

Nimmt ihm die Bücher aus seiner Hand. Legt sie zurück in den Bücherkasten. Und versucht ihn wegzuzerren.

Der Mann schüttelt sie wie eine lästige Fliege von sich ab, nimmt nochmal andere Bücher aus dem Kasten. Und hält sie der weißhaarigen Dame fordernd entgegen.

„Da nehmen Sie sie doch! Los, nehmen Sie Ihre Bücher doch wenigstens wieder zurück! Soweit kommt's noch, dass ich hier zum Kriminellen werde!"

Er könne die Bücher doch ebenso gut selbst wieder in die Kasten zurück, redet ihm seine Begleiterin besänftigend zu.

Der Mann wedelt unbeirrt mit den Büchern weiter.

„Arthur, lass die Frau in Ruhe!" faucht seine Begleiterin, „wozu brauchst du denn diese Bücher? Du hast sie dir noch nicht einmal angesehen!"

„Soll ich sie einfach so mitnehmen?" fährt der Mann die alte Dame an, „ist es das, was Sie wollen? Wollen *Sie* diese Schuld auf sich laden, *mich* schuldig werden zu lassen?" keift Arthur hysterisch.

„Bist du verrückt?" fährt ihn seine Begleiterin jetzt an, „was redest du denn da? Leg diese verdammten Bücher wieder in den verdammten Kasten zurück!"

Sie beugt sich vor und versucht die Titel zu erkennen.

„Die liest du mit Sicherheit nicht!"

Die alte Dame steht unbeweglich vor ihnen. Ihr Gesicht ist eine lächelnde Wand. Sie hält immer noch ihren Krückstock horizontal vor sich.

Als Arthur fortfährt, sie mit den Büchern zu bedrohen, macht sie einen Schritt zurück und sieht ihn vorwurfsvoll an.

„Sie sind sehr unhöflich, mein Herr!"

Arthur presst die Bücher fest an sich. Seine Begleiterin zerrt an ihnen. Und an Arthur.

„Jetzt komm endlich! Vergiss diese dummen Bücher! Leg sie zurück!"

Und mit einem verächtlichen Kinnzucken fügt sie hinzu:

„Die sind selber schuld, wenn sie kein Geschäft machen wollen!"

„Unhöflich?" fragt Arthur nach, „ach, unhöflich nennen sie das? Das hat nichts mit Höflichkeit zu tun. Hier geht es ums Prinzip!"

„Welches Prinzip denn?" stöhnt seine Begleiterin.

„Ums Prinzip eben."

Er zögert.

Plötzlich scheint er es sich anders überlegt zu haben.

„Sollen sie doch auf ihren Büchern hocken bleiben!" raunzt er, schleudert die Bücher der alten Dame vor die

Füße, dreht sich brüsk um und greift entschieden nach der Hand seiner Begleiterin.

„Es gibt auch noch woanders Bücher! Nicht nur in diesem elitären Tempel hier!"

Inzwischen hat sich ein Grüppchen um den aufgebrachten Mann gebildet.

„Manno, du bist ja völlig durchgeknallt!" ruft ein junger Mann mit roten und grünen Haaren und bahnt sich einen Weg zu den Bücherkästen, „hör auf deine Alte! Vergiss die Bücher und klemm dich vor deinen Fernseher. Wo du hingehörst!"

„Bravo!" meldet sich nun noch eine weitere Stimme, „endlich einer, der hier den Mut hat, diesen Hysteriker in die Schranken zu weisen! Wer gibt ihm eigentlich das Recht, die alte Dame zu beleidigen? Sie tut schließlich nur ihre Pflicht!"

Welche Pflicht das auch immer sein mag. Sie wird für Arthur nicht einsichtig. Er löst sich nun wieder von seiner Begleiterin.

„Ja, seid Ihr denn alle mit Blindheit geschlagen? Das ist reine Willkür! Die Guten ins Töpfchen, die Schlechten ins Kröpfchen. Oder so ähnlich. Merkt das denn keiner von Euch? Hier wird ausgesiebt!"

Die Gruppe ballt sich um die Eingangstür der Buchhandlung. Immer mehr Stimmen werden laut.

Die weißhaarige Dame steht unerschrocken, wie der Erzengel Gabriel, vor dem Bücherparadies. Und trifft ihre Auswahl.

Hin und wieder lüftet sie den Stock, um Kunden, die mit schweren Tüten aus der Buchhandlung kommen, durchschlüpfen zu lassen. Oder Auserwählte hineinzulassen.

„Aha! Die Herrschaften hatten noch die Ehre!"

Arthur verbeugt sich tief.

„Meine Hochachtung, Frau Doktor! Was haben wir denn da Schönes erworben? Einen ‚Hesse' für die Frau Tochter? Einen ‚Rilke' für den Herrn Sohn?"

Endlich gelingt es Arthurs Begleiterin, ihn mit sich fortzuziehen.

„Komm jetzt! Das hat doch keinen Sinn!"

Ich erfahre nicht mehr, was für Arthurs Begleiterin Sinn gehabt hätte. Er lässt sich schließlich widerwillig von den Bücherkästen wegzerren.

„Elitäres Geklüngel!" bellt er noch einmal bevor er vom Strom der Schlendernden mitgerissen wird.

Jetzt schlängelt sich Anna durch die Ladentür.

Die weißhaarige Dame senkt kurz ihren Stock. Anna hält triumphierend den Sprotte-Kalender hoch. Und kommt auf mich zu.

Hinter ihr trippeln zwei Angestellte, bahnen sich einen Weg zu den Bücherkästen und tragen sie ins Ladeninnere.

Die Menschenmenge löst sich auf.

Die weißhaarige Dame stellt ihren Stock jetzt senkrecht, stützt sich darauf und humpelt hoch erhobenen Hauptes in die Buchhandlung zurück.

Bei Spiesmutti

„Du lässt deine Flügel von Spatzen tragen," sagt Spiesmutti und fixiert den Bildschirm ihres Fernsehapparats.

Wie sie das meine, frage ich.

„Pst!" sagt sie und fährt mit ihrem runzeligen Zeigefinger vom Kinn hoch über ihre zusammengepressten Lippen.

Ihre Augen ruhen weiter auf dem Bildschirm.

„Aber Spiesmutti," sage ich.

Sie will partout, dass ich Spiesmutti zu ihr sage. Auch wenn es mir nicht einleuchtet. Man kann nur eine Mutter haben. Und die heißt nicht Spies. Aber es führt zu nichts, bei Spiesmutti auf Verwandtschaftslogik zu beharren. Also tue ich ihr den Gefallen.

„Was meinst du damit, Spiesmutti?" frage ich noch einmal

Wieder keine Antwort.

Dabei funktioniert der Fernseher gar nicht, in den sie hineinstarrt. Wenn ich mir das vorsintflutliche Modell so betrachte, vermutlich seit langem nicht mehr.

Von der Degenfeldstraße dringt Kreischen spielender Kinder durchs offene Fenster.

Spiesmuttis Gesicht besteht nur aus Furchen. Graugelbe ledrige Gräben. Das fällt mir aber immer erst auf, wenn ich von ihr weggegangen bin. Sitze ich direkt vor ihr, sehe ich nur ihre Augen. Ihr Gesicht, ihr gebeugter, knochiger Körper, ihre Runzeln, selbst ihre schmuddelige Wohnung verschwindet in diesen Augen.

Sie ist Astrologin. Einst habe sie eine Professur an der Universität in München bekleidet. Behauptet sie. Freilich habe ich nie etwas über einen astrologischen Lehrstuhl an der Münchner Uni gehört. Aber was heißt das schon?

Sie wohnt allein in dieser weiträumigen Altbauwoh-
nung. Mir hat sie nur ein spartanisches Kämmerlein über-
lassen, das durch eine schmale Pritsche ausgefüllt wird.
Aber ich bin zufrieden damit. Meine Tage sind mit Stu-
dium und Jobs ausgefüllt. Zum Schlafen reicht der Platz.

„Siehst du nicht, dass ich fernsehe?" fragt sie.

Stundenlang sitzt sie so vor dem toten Bildschirm. Und
wenn ich mich dazu äußern will, verbietet sie mir den
Mund. Während sie durchaus ihre Zwischenbemerkungen
macht.

Sie sagt „du sitzt vor dir her," während sie weiter auf
den Bildschirm glotzt, „komm, Junge, schau mit deiner
Spiesmutti ein bisschen fern!"

Dann versuche ich, meine Augen und Ohren auf den
Fernsehschirm zu konzentrieren. Sehe aber beim besten
Willen nichts. Höre auch nichts.

Irgendwann ist es mir zu blöde, auf den Bildschirm zu
stieren.

„Aber, Spiesmutti, der Fernseher geht doch…"

„Pssst!" unterbricht sie mich. Und fährt mit immer
demselben Zeigefinger vom Kinn hoch über ihre engen
Lippen. Bis er an den Runzeln ihrer Nasenspitze anstößt.

Merkwürdigerweise flößt mir diese Geste mehr Respekt
ein als alle Schelte meiner Kindheit.

„Schau!"

Wieder bewegt sie ihren Zeigefinger, diesmal gegen den
Bildschirm. Das gewölbte gelbliche Glas ist so stumpf und
staubig, dass es nicht einmal uns und die Gegenstände um
uns herum klar widerspiegelt.

„Ich weiß, du hältst deine Spiesmutti für verrückt."

Und sofort sagt sie „psssssst!", und ich sitze da, ohne
meine höfliche Empörung loszuwerden.

„Freilich bist du dir nicht ganz sicher," schmunzelt sie
vor sich hin, „nicht wahr, Junge? Weil ich dir Einzelheiten
aus deinem Leben sage, deren Übereinstimmung mit dem
Vorgefallenen dich verblüfft. Das verunsichert dich."

Sie lenkt ihren Blick vom Bildschirm auf mich.

30

„Aber im Grunde hältst du deine Spiesmutti für eine Bekloppte. Du kannst es ruhig zugeben!"

Ein breites Grinsen gibt schiefstehende Zähne frei.

„Vermutlich hast du sogar recht. Wer will das wissen? Verrückt? Normal? Wer weiß schon den Unterschied?"

Es kommt selten vor, dass Spiesmutti so viel redet. Und sie nennt mich nie bei meinem Namen. Wahrscheinlich weiß sie ihn gar nicht. Oder sie hat ihn vergessen.

Namen bedeuten ihr nichts. Sagt sie.

Nur, dass ich sie mit Spiesmutti anrede, darauf legt sie Wert.

Ihre krümeligen Lippen stülpen sich wieder über ihre Zähne. Ihr Grinsen geht in den Versuch eines Lächelns über. Sie behält mich fest im Blick. Als ich ihm standzuhalten versuche, fangen meine Augen zu tränen an. Ich lasse mein Kinn nach vorne fallen. Sehe jetzt ihre Knie, die spitz und eng aneinander gedrückt gegen ihren buntgeblümten Rock stechen.

Dann höre ich sie seufzen.

Als ich nach oben schiele, sehe ich in ein erloschenes Gesicht.

Oh Gott, denke ich, sie wird doch nicht tot sein?

Ihre Augen sind zu Äuglein geschrumpft, sitzen tief in ihren faltigen Höhlen. Versuchen mich in abgründige Schlünde zu saugen. Heraus aus meinem Körper. Heraus aus der sicheren Umgebung ihrer Wohnung.

Nein, sie ist nicht tot.

Im Gegenteil.

Ich klammere mich mit aller Kraft an meinen Stuhl. Doch da weiten sich ihre Augen schon wieder. Sprühen Funken auf mich und in ihre weiträumige Wohnung.

Ich atme tief ein. Und wieder aus. Und noch ehe ich mich von meinem Schrecken erholen kann, sagt sie:

„Ich speichere Bilder auf dieser kleinen Scheibe."

Sie deutet auf den Bildschirm.

„Ich zerlege sie in klitzekleine Segmente, damit ich möglichst viele auf ihr speichern kann."

„Wozu?" frage ich und presse sofort meine Hand auf meine Lippen.

Überraschenderweise verbietet mir Spiesmutti diesmal jedoch nicht den Mund.

„Damit ich sie jederzeit abrufen kann," sagt sie, ohne mich anzusehen.

„Aber wozu, Spiesmutti?" frage ich nochmal, „wozu willst du sie abrufen?"

„Wozu?" fragt *sie* nun verwundert und richtet ihre Augen nun wieder auf mich, ehe ich meinen Blick in Sicherheit bringen kann.

„Junge," fügt sie kopfschüttelnd hinzu, „du stellst die falschen Fragen."

Ihre Augen ruhen auf mir. Schwarzblaue Ozeane, tief in ihr Gesicht versenkt.

Es gibt keine falschen Fragen, habe ich mal irgendwo gehört. Aber Spiesmutti scheint anderer Ansicht zu sein. Ich übrigens auch.

„Was sind das für Bilder, die du auf dem Schirm speicherst? Das wäre die richtige Frage gewesen," sagt sie.

Natürlich entscheidet sie, was die richtige Frage ist, denke ich und starre wieder auf ihre Knie. Sie greift nach meinen Händen. Ihre Finger sind blauädrig überzogen. Und kalt. Die Abendsonne wärmt den Bücherschrank hinter ihrem Sessel.

„Deshalb will ich, dass wir zusammen fernsehen. Verstehst du?"

„Nein," sage ich.

Sie wiegt meine Hände zwischen ihren Händen.

„Ach, du Dummerchen," sagt sie, „deine Bilder spiegeln sich dort auf dem Schirm. Ich nehme dir diejenigen ab, die überflüssig und unbrauchbar für dich geworden sind. Und projiziere neue in dich hinein. Wenn du von mir weggehst, hast du die alten bei mir abgelegt und nimmst die neuen mit. Und merkst es nicht einmal."

Ich ziehe meine Hände aus ihren kalten Fingern.

„Bleib ganz ruhig, Junge!" Und da ist er wieder, dieser gebieterische Zeigefinger, den sie bis zur Nasenspitze vorschiebt. „Es sind gute Bilder."

Was sind gute Bilder. Frage ich. Aber vermutlich ist auch das wieder eine falsche Frage.

Meine Empörung bleibt in meinem Kopf stecken. Und noch bevor ich wenigstens einige meiner Gedanken zu ordnen vermag, sagt sie:

„Wir haben genug geredet für heute. Geh jetzt!"

Wir? Denke ich, spüre ihren Zeigefinger auf meinen Lippen. Und bin froh, dass ich nichts sagen muss. Trotte über knarrende Treppen auf die Degenfeldstraße hinaus. In den lauen Abend.

Die Kinder quietschen auf dem naheliegenden Spielplatz. Ein Hund bellt aufgeregt dazwischen. Und in den umgrenzenden Sträuchern piepsen Vögel, die sich zum letzten abendlichen Stelldichein versammelt haben.

Ich breite meine Arme aus. Sofort klemmen sich Spatzen unter meine Achseln. Und lassen mich nicht hochfliegen. Erst als ich am Abend zu Spiesmutti zurückkomme, gelingt es mir, die Spatzen von mir abzuschütteln.

Teil 2

Ave-Maria

Schon als ich mich durch die Kirchgasse, von der Neustadt kommend, auf die Altstadt zu bewege, höre ich die Stimme, die auf mich zuweht. An der Martinskirche angekommen, lasse ich meinen Blick schweifen. Kann jedoch niemanden ausfindig machen, zu dem eine so mächtige Stimme passen würde. Erst nach einer Weile sehe ich ihn. Ein ausgemergelt wirkender Mann steht vor der Buchhandlung Hugendubel. Ich muss mehrere Male hinschauen. Die Haltung, die Kopfbewegungen, die Hand, mit der er vor sich herschwingt. Alles deutet daraufhin. Die Stimme scheint aus diesem dürren Körper zu tönen.

Ich habe immer ein paar Münzen für Straßenmusiker in der Tasche. Ihnen gehört von jeher meine große Sympathie. Ich gehe auf den Mann zu. Als ich mich ihm nähere, klingt der Gesang seltsamerweise nicht lauter. Es ist, als schwebe seine Stimme gleichmäßig über der ganzen Altstadt.

Jetzt bin ich nur noch wenige Meter von ihm entfernt.

Kein Zweifel. Die Stimme kommt aus seinem leicht geöffneten Mund.

Es ist ein Ave-Maria, wie ich es so noch nie gehört habe.

Der Mann ist kein Italiener, das merke ich sofort. Zu lange habe ich in Italien gelebt. Es scheint als bemühe er sich, die Konsonanten gleichsam zu überspringen, um schneller auf die Vokale überzugehen. Um dann ausführlich auf ihnen zu verweilen.

Der in einem schäbigen Anzug steckende Mann verleiht seinem ungewöhnlichen Ave-Maria eine Tiefe, die diesem viel zu oft gehörten und in viel zu vielen Anlässen verbrauchten Lied neues Leben einhaucht.

Die Melodie scheint wie von selbst aus ihm herauszuströmen. Und erst durch die schwingenden Bewegungen seiner Arme und Hände ins Schweben gebracht und auf den Platz hinaus gehoben zu werden.

Ich bücke mich, um ihm ein paar Münzen zukommen zu lassen.

Zögere.

Der Mann hat weder eine Schachtel noch einen Hut vor sich. Und kann ich diese wunderbaren Töne mit ein paar Euro abgelten? Denke ich. Und will er für sein Singen überhaupt bezahlt werden? Und falls ja, was wäre der angemessene Preis dafür?

In dem Moment, in dem ich mich wieder aufrichte und die schon in meiner Hand liegenden Münzen wieder in meine Hosentasche zurückstecken will, bricht der Gesang plötzlich ab. Als würde ein schwingender Ton gewaltsam gekappt. Wie ein Schnitt durch ein straff gespanntes Seil.

Die Melodie steht still.

Einen kurzen Augenblick lang fallen alle Geräusche, die sonst noch den Platz belebt haben, in ein sich ausweitendes Loch erschrockener Stille.

Dann katapultieren die Stimmen, das Klappern, das Scheppern, das Quietschen, das Lachen von Kindern und vereinzeltes Hundegebell wieder aus der Stille heraus. Nun jedoch ohne das eben noch darüber schwebende wunderliche Ave-Maria.

Der Mann grinst mich an. Vielleicht lächelt er auch. Und seine fehlenden Zähne verzerren sein Lächeln. Sein Blick zielt auf meine Hand in der Hosentasche.

Ich verstehe. Ziehe die Hand mit den Münzen wieder heraus. Halte sie ihm entgegen. Sein Grinsen verändert sich jetzt deutlich zu einem Lächeln.

Er nimmt die Münzen. Steckt sie in seine Anzugjacke.

Bevor er zu einem neuerlichen Ave-Maria oder, falls in seinem Repertoire vorhanden, zu einer anderen Arie ansetzt, frage ich ihn:

„Ma Lei non è italiano, vero? "

Und ich frage mich, warum ich ihn auf Italienisch anspreche, wenn ich doch keinen Italiener in ihm vermute.

Er schüttelt den Kopf auf eine Art, die mich nicht erkennen lässt, ob er meine Frage verneint. Oder mich nur nicht versteht. Obwohl es mich interessieren würde, ist es mir peinlich, nach seiner Nationalität zu fragen. Um meine Verlegenheit zu überspielen, greife ich noch einmal in meine Hosentasche und fingere eine Zwei-Euro-Münze hervor.

Der Mann schüttelt wieder den Kopf. Diesmal entschiedener. Und hält abwehrend seine Hände gegen mich.

Ich habe ihn beleidigt, denke ich betreten.

Jetzt ist es mir noch peinlicher als zuvor. Ich nicke. Spüre, wie mir das Blut in den Kopf schießt. Lächele ihm zu. Und verstaue die Münze wieder in meiner Hosentasche.

Als ich mich abwende, sagt er:

„Ruski."

Verblüfft drehe ich mich wieder um.

Russe? Er ist Russe? Ein Russe, der auf dem Stadtplatz von Landshut in Italienisch dieses außerordentliche Ave-Maria singt?

In Erinnerung an einige Semester Russisch, die ich auf der LMU in München vor vielen Jahren mal belegt habe, frage ich auf Russisch nach:

„Sie sind Russe?"

Er nickt.

Ich würde ihn gern noch fragen, wie er dazu kommt Franz Schuberts Ave-Maria in einer Sprache zu singen, die er offenbar gar nicht versteht. Und von wo aus seinem knochigen Körper er diese Töne hervorholt, für dieses Ave-Maria, das mir den Atem verschlägt. Und noch so einiges andere würde ich ihn gerne fragen. Aber dafür reicht mein klägliches Russisch nicht aus.

Und überhaupt, warum sollten Russen kein Ave-Maria auf Italienisch singen können?

Japaner, zum Beispiel, spielen ausgezeichnet die Klaviersonaten von Beethoven. Oder Kompositionen von Bach oder Mozart. Gut, weder zum Klavierspielen noch zum Cellostreichen ist die Kenntnis der deutschen Sprache erforderlich. Andererseits hält sich der Textumfang von Schuberts Ave-Maria in Grenzen.

Warum sollte ein auch noch so spirrliger Russe dazu nicht in der Lage sein, die paar Worte auswendig zu lernen? Bei einer Arie kommt es schließlich vor allem auf die Töne an. Beim Ave-Maria noch einmal mehr.

Ich weiß nicht, was mich zu der Idee bewegt, ihm den Satz eines russischen Philosophen vorzutragen. Den ich noch in Erinnerung habe. Vielleicht weil es einer der wenigen zusammenhängenden Sätze ist, die ich in Russisch noch in Erinnerung habe? Vielleicht auch, weil ich gerade diesen Satz für unsere Begegnung treffend empfinde? Oder weil ich sehen will, was sich im Gesicht dieses Russen tut, wenn ich ihm einen weisen Satz eines anderen Russen in seiner Sprache aufsage? Denn weise ist er, wie ich finde, der Satz dieses mir ansonsten unbekannten Philosophen.

„Mein Freund, die Natur gab uns zwei Ohren und nur einen Mund, damit wir viel hören und wenig sprechen."

Der Russe mustert mich.

Ein unbeholfenes Lächeln erscheint in seinen Augen.

Dann fängt er verhalten zu lachen an.

„Es tut mir leid," sagt er in fließendem Deutsch, „ich bin Russe. Aber ,Ruski' ist wohl das einzige Wort, das ich in dieser Sprache kann. Meine Eltern sind aus Russland nach Deutschland geflohen. Sie haben bewusst nie russisch mit mir gesprochen. Und sie wollten auch nicht, dass ich russisch lerne. Ich weiß nur, dass ,Ruski' Russe heißt, weil es die Kinder hinter mir hergerufen haben."

Sein Lachen ebbt ab.

„Ich vermute übrigens, dass auch Sie kein Italiener sind. Falls Sie also des Deutschen mächtig sind und wollen, dass ich verstehe, was Sie mir, vermutlich in Russisch, gerade gesagt haben, müssten Sie es mir…"

Jetzt muss ich lachen.

„Nein, nein," winke ich ab, „das ist nicht so wichtig. Es ist der einzige zusammenhängende Text, den ich von meinem Russischstudium noch weiß. Nach all den Jahren," sage ich und versuche mein Lachen zu unterdrücken.

„Eigentlich schade," füge ich hinzu.

„Schade?" fragt der Mann verwundert, „warum denn schade? Meine Großeltern sind in Stalins Folterkammern umgekommen. Es ist die Sprache ihrer Mörder."

„Oh, das tut mir sehr leid," sage ich betreten, „aber…"

„Sie meinen, da kann die russische Sprache nichts dafür? Und damit haben Sie vermutlich recht. Denn wollte man jede Sprache, die von Massenmördern gesprochen wird, meiden oder, wie ich mir das von der russischen Sprache wünsche, gar ausmerzen, bliebe wohl kaum noch eine Sprache für die Verständigung unter den Menschen übrig."

Er sieht mich herausfordernd an.

Ist das derselbe Mann, der noch eben dieses schwebende Ave-Maria sang? Denke ich.

Und was soll ich darauf sagen? Im Grunde hat er sich die Antwort ja bereits selbst gegeben. Worauf will er hinaus?

Ich schaue verlegen auf seine hin und her schwingenden Hosenbeine.

In welche Situation gerate ich hier?

Will ich dieses Gespräch wirklich haben, das zu nichts Gutem führen kann?

Am liebsten wäre mir, ich hätte ihn gar nicht angesprochen. Und er würde weiter sein beeindruckendes Ave-Maria singen.

„Lateinisch," sagt der Mann plötzlich. Und jetzt lächelt er wieder.

„Lateinisch? Was ist mit Lateinisch?"

„Das Ave-Maria," sagt er, „ich habe es auf Lateinisch gesungen. Ich singe es immer in lateinischer Sprache."

Ich habe viele Jahre in Italien gelebt, und es nicht gemerkt, dass es gar nicht Italienisch war, was ich für Italienisch hielt! Denke ich beschämt. Ich hätte schwören können, dass es, wenn nicht gerade Hochitalienisch, so doch ein italienischer Dialekt sei, in dem er sein Ave-Maria singt. Der dünne Russe, der kein Russisch spricht, streckt sich. Steht jetzt hoch aufgerichtet und mit angehobenem Kinn vor mir. Seine Hosenbeine schlottern nicht mehr. Nichts an ihm bewegt sich. Als wäre er zu einer Statue erstarrt.

Ganz leise, anfangs kaum hörbar, dann leicht anschwellend, wehen die ersten Töne von Schuberts Ave-Maria wieder aus seinem nur einen Spalt weit geöffneten Mund. Wachsen immer mehr an. Und jetzt nimmt der Russe wieder seine Hände zu Hilfe. Um die Töne über sich hinweg zu heben. Und sie über die auf dem Stadtplatz versammelte Menschenmenge zu verteilen.

Als ich in den Augen des Russen den Triumph sehe, als habe er mit der Wahl seiner Sprache für sein Ave-Maria einen Ausweg aus seinem sprachlichen Dilemma gefunden, bemühe ich mich, zu verdrängen, dass auch Latein eine Sprache ist, mit der im Namen der Religion über Jahrhunderte hinweg, Folter und Mord gerechtfertigt wurden. Und nicht nur das.

Ich entferne mich mit rückwärtsgewandten Schritten. Wende mich ab. Und schleiche geduckt am riesigen Turm von Sankt Martin vorbei. Der einst der höchste Kirchturm der Welt war. Und immer noch der höchste Backsteinturm ist.

Der Russe winkt mit beiden Händen zu mir herüber. Und setzt noch ein weiteres Mal zu einem Ave-Maria an.

Ich lausche noch eine Weile in die sich in alle Gassen hinein weitenden Töne. Als ich zurückwinke, winkt auch er. Jetzt nur noch mit einer Hand. Und während ich die Kirchgasse zur Neustadt zurückschlendere, höre ich ihn immer noch singen. Die Worte in seinem Ave-Maria verstehe ich jetzt nur noch vereinzelt. Aber die Töne dringen immer noch tief in mich ein. Bis sie mich vollkommen mit sich ausgefüllt haben.

Dann zerschlägt die gewaltige Bassglocke von Sankt Martin Melodie und Worte.

Unerwünscht eingereist?

Im Grunde wollten Anna und ich uns nur nach einem Übungsraum erkundigen. Eine Freundin riet uns, beim ‚Haus International' nachzufragen.

Das Haus International ist eine interkulturelle Begegnungsstätte in Landshut. Und liegt nahe am Ufer der Großen Isar. Der Weg führt von unserer Wohnung aus über zwei Flussbrücken an zahlreichen alten Bäumen und im Sommer an zwitschernden Vögeln vorbei.

„Ein idealer, zum Musizieren anregender, Spaziergang," meint Anna, die mich hierher begleitet hat.

Die Frau grübelt einen Augenblick vor sich hin. Sagt dann:

„Vielleicht in der Rochuskapelle…"

„In der Rochuskapelle?" unterbreche ich sie, „wow!"

„Die ist vormittags eigentlich immer frei," sagt die Frau, ohne auf meinen Begeisterungsruf einzugehen, „wie oft und wie lang würden Sie denn spielen wollen?"

„So zwei bis dreimal die Woche ein bis zwei Stunden. Wenn das möglich wäre."

Doch die Frau kommt nicht mehr dazu, mir darauf zu antworten.

Ein junger Mann mit arabisch-orientalischen Gesichtszügen stürzt in das kleine Büro. Schleudert ein paar nicht erkennbare Papiere vor sich hin. Und fängt mit vor Wut bebender Stimme zu brüllen an.

Hat er was gefragt, was ich nicht gehört habe? Oder ist das Hinschleudern seiner Papiere die vorweggenommene Antwort auf eine Frage, die er schon tausendmal gestellt hat? Eine Frage, die er nicht mehr stellen wollte? Weil er die Antwort bis zum Überdruss kannte und nicht mehr hören wollte?

Jetzt kommt noch eine Frau, mittleren Alters aus dem Büro von gegenüber auf uns zu. Der junge Mann schreit mit überschnappender Stimme gegen die beiden Frauen an.

Vielleicht brüllt er auch nur einfach was aus sich heraus. Denke ich. Und meint die beiden Frauen gar nicht.

Das kleine Büro ist in wenigen Minuten so sehr von seinem bedrohlichen Geschrei erfüllt, dass Anna und ich uns von seinem Schwall unverständlicher Worte rückwärts aus der Tür gedrängt fühlen. Auch den beiden Frauen scheint es zu eng zwischen dem Geschrei und den mit Aktenordnern vollgestellten Wänden zu werden. Sie weichen mit uns auf den Flur hinaus aus.

Der Mann folgt uns. Brüllt nun auf dem Flur weiter. Als würde er von innen heraus explodieren.

Er trägt zwei weiße tadellos saubere Turnschuhe, eine enganliegende, die Beinmuskulatur betonende Hose. Und ein offenes Hemd, das ebenfalls beachtliche Muskelpakete freigibt. Er schreit in allen Tonlagen weiter. Stampft mit beiden Füßen auf dem Steinboden herum. Und schleudert seine Papiere, die eine der beiden Damen für ihn aufgehoben hat, ein weiteres Mal mit Nachdruck vor ihre Füße.

Seine Verzweiflung ist erahnbar. Seine Wut spürbar. Seine Kraft sichtbar. Sein Anliegen nicht erkennbar.

Inzwischen ist eine junge Frau mit Pferdeschwanz, auch sie in weißen Turnschuhen, am Treppenabsatz erschienen. Und bleibt abwartend dort stehen.

Der Mann tobt und schreit nach allen Seiten hin weiter.

Nach und nach verstehe ich ein paar der Worte, die wild und zusammenhanglos aus ihm herausbrechen. Wie kantige Steinbrocken um uns herumpurzeln. Und uns den Zugang zu ihm verwehren.

„Nicht zuständig! Nicht zuständig! Wer zuständig? Wer? Wer? Wer?"

Seine Stimme kippt ins Ungewisse. Die Stimmung im Flur auch.

Anna hat sich erschrocken und fluchtbereit in die Nähe der Ausgangstür gestellt. Die Frauen mittleren Alters reden von beiden Seiten beruhigend auf den Mann ein. Der wird jedoch immer wütender. Droht völlig aus sich herauszukatapultieren.

Während ich noch überlege, wie und was ich zur Entschärfung der eskalierenden Situation beitragen könnte, ich habe längst vergessen, warum wir hierhergekommen sind, bewegt sich die junge Frau mit dem Pferdeschwanz behutsam nach vorne. Verhält sich aber immer noch abwartend.

Was will dieser Mann, der unentwegt weiterbrüllt und wie ein abwehrender und gleichzeitig angreifender Boxer um uns herumhüpft? Vielleicht ist es ja auch nur angestaute Wut in ihm, die niemanden mehr meint. Von der er sich jetzt schreiend befreite, um nicht zu platzen.

„Hure," höre ich jetzt aus seinem Mund. Und zucke zusammen.

Anna steht bereits mit einem Fuß auf der Ausgangstreppe.

„Ich bin keine Hure," verbittet sich eine der Frauen, erstaunlich zurückhaltend.

„Hure," ruft der Mann noch einmal in den Flur hinein. Und trommelt mit beiden Fäusten auf seiner Brust herum, „ich Hure!"

Er meint sich selbst damit.

Vermutlich will er Hurensohn sagen. Denke ich.

„Ich Dreck. Nichts. Jeder sagt dort. Ich aber hier. Und wenn ich dort, dann wieder hier."

„Verstehen Sie doch, junger Mann, wir sind hier nicht zuständig," sagt eine der Frauen. Und drückt ihm seine Papiere wieder in die Hand.

Wofür zuständig? Frage ich mich. Hat er vielleicht doch etwas gefragt, bevor er zu schreien anfing?

„Niemand zuständig," schreit der Mann, „hier nicht zuständig, dort nicht zuständig, nie zuständig, wo zuständig, wo, wo, wo?"

Seine Stimme ist erkennbar am Limit. Die Spannung im Flur auch.

„Beruhigen Sie sich doch!" rufen die Frauen alternierend in sein Geschrei hinein.

„Am Bahnhof," sagt eine der Frauen, „vielleicht kann Ihnen die Bahnhofsmission weiterhelfen."

„Oder die Caritas," sagt die andere, „wenn Sie sich allerdings dort so aufführen wie jetzt hier, wird Ihnen niemand zuhören. Und niemand helfen."

„Bahnhof? Ich jetzt hier. Bahnhof dort. Immer dort. Nicht hier. Hier keiner zuständig. Immer dort zuständig? Wo, wer zuständig" kreischt er jetzt, „Deutsche mich wollen weghaben. Weg, weg. Ich Scheiße. Ich Hure."

Er rammt seine Stirn gegen den Türrahmen.

Die Frauen stehen hilflos um ihn herum. Anna fängt zu weinen an.

Ich gehe vorsichtig auf ihn zu. Seine Muskeln sind in höchster Anspannung. Aber mir fällt auch nichts Besseres ein als das, was die beiden Frauen schon gesagt haben. Trotzdem sage ich es jetzt nochmal. Und obwohl ich noch immer nicht begriffen habe, was der Mann eigentlich will.

„Die Caritas oder die Bahnhofsmission kann Ihnen vielleicht helfen."

Der Mann beachtet mich gar nicht. Dreht sich in alle Richtungen. Und schreit weiter.

Seine Stimme springt ins Falsett.

Er will nichts hören, begreife ich schließlich.

Aber was will er dann? Wie können wir was für ihn tun, wenn aus seinem Schreien nicht hervorgeht, was er eigentlich will?

„Die Frauen hier wollen Ihnen helfen," sage ich unbeholfen.

Sein Gebrüll ist wie eine undurchdringliche Mauer, an der jedes Wort von uns abprallt. Was versucht sich der Mann zu erschreien?

Plötzlich löst sich die junge Frau mit dem Pferdeschwanz aus ihrer Abwartehaltung. Tastet sich mit behutsamen Schritten an den tobenden Mann heran. Kniet sich vor ihn hin. Schaut ihm von unten direkt ins Gesicht. Und sagt mit ruhiger Stimme:

„Deine Wut ist verständlich. Aber sie wendet sich an die falsche Adresse."

Was meint sie damit? Frage ich mich wieder. Hat sie denn verstanden, was er will und was ihn so sehr aus der Fassung bringt?

„Deutsche wollen, ich weggehe," schreit der Mann um sie herum.

Die junge Frau richtet sich ganz langsam auf. Ohne ihr Gesicht von ihm abzuwenden. Bis sie auf Augenhöhe mit ihm angekommen ist.

Und nun erhebt auch ihre Stimme.

„Wir sind auf deiner Seite. Begreifst du das denn nicht? Wir sind die, die für Euch sind. Wir sind die, die Euch bei uns haben wollen."

Sie fixiert ihn. Und schreit ihm mitten ins Gesicht.

"Du schimpfst in die falsche Richtung!"

Die junge Frau atmet einmal tief ein und stößt dann mit klirrender Stimme in einem Schwung aus sich heraus:

„Wir-sind-nicht-gegen-euch. Wir-sind-die, die-für-euch-auf-die-Straße-gehen. Damit jene dort," sie zeigt auf ein Plakat auf der gegenüberliegenden Litfaßsäule, „die euch weghaben wollen, euch nicht wegschicken können."

Plötzlich Stille.

Der Mann scheint jetzt wahrzunehmen, wo er sich befindet.

Irgendwas in ihm hat ihn wohl daran erinnert, dass er hierhergekommen ist, weil ihm die Überschrift ‚Haus International' Hoffnung auf Hilfe versprach. Vielleicht ist ihm in diesem Augenblick klargeworden, dass ihm die erhoffte oder erwartete Hilfe gar nicht zuteilwerden kann, wenn er uns mit Armen und Beinen fuchtelnd niederschreit. Und uns keinen Platz für hilfreiche Antworten einräumt.

Er hebt seinen Kopf über die junge Frau hinweg, die ihr Gesicht weiterhin direkt vor sein Gesicht hält. Schaut auf Anna, die ihn verstört und mit tränenden Augen anstarrt. Schaut um sich, als sei er aus einem schlimmen Traum erwacht. Und geht auf Anna zu, die vor die Tür geflüchtet ist.

„Nicht weinen! Bitte nicht weinen!" sagt er mit veränderter Stimme.

Anna kann den Anlass ihres Weinens nicht auf Befehl wegdenken. Und ihre Tränen zum Versiegen bringen.

„Bitte nicht weinen!" sagt der Mann noch einmal.

Anna beruhigt sich.

Der junge Mann schaut mit leeren Augen vor sich hin. Hebt dann langsam seinen Kopf. Sein Blick irrt über die behäbig dem Maxwehr zufließende Große Isar.

Die lodernde Wut scheint aus ihm herausgeschwemmt. Ein riesiger Schwan plustert sein Gefieder auf. Verrenkt seinen langen Hals elegant nach hinten. Und schnappt mit seinem Schnabel in seinen Federn herum. Enten, von mehreren Erpeln hofiert, schwimmen schaukelnd um ihn herum. Nahe der Schleuse picken Blesshühner in die sich dort aufgestaute klebrig braune Brühe. Und auf dem Geländer über dem Stauwehr turnen gurrende Tauben.

Auf den Bänken längs des Fußgängerstreifens sitzen ineinander verschlungene Liebespaare. Breitbeinig nach hinten gelehnte Zeitungsleser. Alte Frauen, die ihre Einkaufstaschen neben sich abgestellt haben. Und trotz deutlich sichtbaren Verbotsschildern Brotreste an wild um sie herumflatternde Möwen verteilen.

Radfahrer und E-Rollerfahrer kreuzen dazwischen.

Die Vormittagssonne blinzelt durch die saftiggrünen Blätter der Bäume. Auf den Fassaden des gegenüberliegenden Isargestades liegt wolkiges Mailicht.

Und jetzt, da das Geschrei verstummt ist, höre ich auch das Zwitschern der Vögel wieder. Und erinnere mich, warum Anna und ich hierhergekommen sind.

Ich mache eine fragende Kopfbewegung in Richtung Büro.

Anna schüttelt den Kopf. Ich nicke. Es ist uns beiden nicht mehr danach, nochmal wegen des Übungsraums nachzufragen.

Der junge Mann scheint unsere Unschlüssigkeit zu spüren.

Ob wir ihn zum Postamt begleiten würden. Seine Deutschkenntnisse reichten nicht aus, um sein Anliegen bei dort vorzutragen. Reime ich mir aus seinen Satzfetzen zusammen.

Anna und ich schauen uns an. Zögern. Nicken dann.

Auf dem Weg zum Postamt erfahren wir bruchstückhaft, dass der junge Mann Malek heißt. Und dass er wegen schwerer Körperverletzung, die er im Übrigen für gerechtfertigt halte, verurteilt worden und gerade aus dem Gefängnis entlassen worden sei.

Sein derzeitiges Quartier sei nur über einen steilen Hang erreichbar. Deshalb wollte er sich einen E-Roller kaufen. Und weil ihm die Postbank aus für ihn nicht nachvollziehbaren Gründen die dafür erforderliche Summe nicht abheben lasse, habe er beim ‚Haus International‘ um Hilfe angefragt.

Als wir am Dreifaltigkeitsplatz ankommen, ist das Postamt schon geschlossen.

„Es öffnet erst in einer Stunde wieder,“ sage ich.

„Haben noch Zeit?“ fragt der Malek.

Es geht nicht darum, ob wir Zeit haben, denke ich, es geht eher darum, wofür wir bereit sind, uns Zeit zu nehmen.

„Verstehen,“ sagt der Mann, als habe er meine Gedanken mitgehört.

Er lächelt spröde, lässt uns grußlos stehen und mischt sich in das Gedränge der Fußgänger.

„Ein E-Roller?“ sage ich, als wir uns an den Autos vorbei durch die Spiegelgasse zwängen, „sollte das ganze Geschrei nur ein Auftritt sein, um an einen E-Roller zu kommen?“

Anna sieht mich mit ihren immer noch verweinten Augen vorwurfsvoll an.

„Auftritt? Wie kommst du denn darauf? Der Mann war vollkommen verzweifelt!"

Eine unerwünscht eingereiste Tigermücke sirrt um uns herum. Ich wedele mit beiden Händen vor meinem Gesicht. Schüttele abwehrend den Kopf. Und wir schlendern gedankenschwer zum ‚Haus International' zurück.

Ein Kind auf der Leopoldstraße

Ich spaziere auf der Leopoldstraße stadteinwärts. Ein weicher Sommerwind wiegt die hohen Pappeln hin und her. Der Himmel ist weiß und blau, wie wir Bayern ihn mögen. Auf den Fußgängerwegen, links und rechts der Straße, gibt es so viele Passanten wie auf der Leopoldstraße Autos fahren.

Ich sehe wie ein Kleinkind aus einem Kinderwagen krabbelt. Sich ein paarmal um seine eigene Achse dreht. Und mit seinen kleinen krummen Beinchen glucksend in Richtung Fahrspuren wackelt.

Ich schließe meine Augen. Öffne sie wieder.

Ohne Zweifel. Vor mir läuft ein Kind auf die Leopoldstraße zu.

Erschrocken greife ich nach dem Kinderwagen, ein ausgefallenes Modell mit zwei Gummigriffen. Schiebe ihn, ohne einen Blick hineinzuwerfen, im Laufschritt dem Kind hinterher. Und höre wie eine Frauenstimme hinter mir kreischt:

„Haltet ihn auf!"

Das Kind hat die Fahrbahnen erreicht. Ich habe keine Zeit, mich nach der Ruferin umzusehen. Die Autofahrer hupen. Weichen aus. Bremsen kurz ab. Und fahren schimpfend und kopfschüttelnd weiter.

„Haltet ihn auf!" ruft die Stimme wieder.

Einer der Passanten bleibt vor mir stehen. Schaut abwechselnd auf das Kind, auf mich und auf den Kinderwagen. Er fragt sich vermutlich, wer hier aufgehalten werden soll.

Das Kind hampelt sich mit hochrotem Kopf, quiekend und mit beiden Ärmchen rudernd zwischen den Autos hin und her. Auch ich bahne mir einen Weg durch die Fahrzeuge. Komme aber mit dem Kinderwagen nicht schnell genug voran. Einfach so auf der Straße abstellen will ich ihn auch nicht.

„Bleiben Sie doch um Himmelswillen stehen!" höre ich jetzt die Frauenstimme direkt hinter mir. Drehe mich um. Sehe eine ältere Dame vor mir. Stelle mich schützend vor den Kinderwagen. Und schaue nochmal auf die Leopoldstraße hinaus. Das Kind scheint in der Menge verschwunden zu sein. Ich höre auch kein Quieken mehr. Die Dame schiebt mich sanft beiseite. Umklammert mit ihren weißbehandschuhten Händen die Gummigriffe. Und zieht den Kinderwagen auf den Gehweg zurück. Ein weißhaariger Greis mustert mich amüsiert. Und klatscht in die Hände.

„Das war die lustigste Rollstuhlfahrt meines Lebens," kichert er, „können wir den jungen Mann nicht bei uns aufnehmen, Magda?"

Ich habe den Rollstuhl mit einem Kinderwagen verwechselt?

Irritiert überlasse ich das Gefährt der Dame.

Der Verkehr bewegt sich wieder auf allen Fahrspuren in beiden Richtungen hin und her. Als sei er gar nicht zum Stillstand gekommen. Passanten spazieren über die Gehwege. Die Leopoldstraßenmaler sitzen gelangweilt auf kleinen Klappstühlen vor ihren Staffeleien. Die Pappeln wiegen sich weiter im Wind.

Die Dame sieht mich befremdet an. Umklammert die Griffe des Rollstuhls. Und lotst ihn in den träge dahinfließenden Strom der Fußgänger.

„Danke, junger Mann! Das war eine unvergessliche Fahrt!" ruft der Greis und winkt mit beiden Händen hinter sich.

„Und das Kind?" rufe ich und schaue dem Rollstuhl betroffen hinterher.

Die Dame dreht sich noch einmal um. Sieht mich verdutzt an.

„Welches Kind?"

„Da war doch ein kleines Kind!"

„Ja, sicher, es gab auch Kinder unter den Passanten."

„Ein Kind war aus dem Kinderwagen geklettert und ist auf die Fahrbahnen der Leopoldstraße hinausgelaufen."

„Kinderwagen? Ja, natürlich, da gab es auch den einen oder anderen Kinderwagen," sagt die ältere Dame.

„Nein, nein, Sie verstehen mich nicht. Ich meine diesen hier," ich deute auf den Rollstuhl, „wie soll ich es Ihnen sagen? Also, ich dachte der Rollstuhl hier sei ein Kinderwagen."

Die ältere Dame zieht den Rollstuhl wieder rückwärts an mich heran.

„Sie dachten was?" fragt sie.

Ich schaue betreten vor mich hin.

„Der Rollstuhl meines Bruders ein Kinderwagen?"

Sie bricht in schallendes Gelächter aus.

„Ich muss zugeben, das hat was! Hast du gehört Korbinian? Der junge Mann behauptet, er habe ein Kind aus dem Rollstuhl herauskrabbeln gesehen."

Sie schüttelt sich vor Lachen. Einige der Fußgänger werfen uns wohlwollende Blicke zu.

„Er hat deinen Rollstuhl für einen Kinderwagen gehalten, Korbinian! Nein! Das ist zu komisch!"

„Komisch? Wieso?" sagt der Mann im Rollstuhl und wiegt seinen Kopf hin und her, „ist da wirklich so ein großer Unterschied, Magda? Ich frag mich nur, wo ist das Kind hin, das Sie aus dem Rollstuhl krabbeln sahen? Wie Sie sehen, sitze ich immer noch fest hier drin. Und so wird es wohl noch eine Weile bleiben."

„Ich höre jetzt noch, wie es gluckst und quiekt," sage ich, „und alle Autofahrer haben angehalten."

„Nun, junger Mann, das war wohl das mindeste! Hätten Sie uns beide überfahren sollen?" sagt der Mann im Rollstuhl, „und natürlich habe ich gequiekt und gegluckst vor Vergnügen über diese rasante Fahrt, die Sie mit mir und meinem Rollstuhl unternommen haben."

„Den er für einen Kinderwagen gehalten hat," amüsiert sich die ältere Dame immer noch und wendet sich wieder mir zu, „Ihre Phantasie hat Ihnen einen Streich gespielt, junger Mann, sehen Sie doch, mein Bruder Korbinian sitzt…"

Sie fängt wieder zu prusten an.

„Du solltest dich nicht über den jungen Mann lustig machen, Magda," unterbricht sie der Greis vorwurfsvoll, „schau ihn dir doch an!"

Er stemmt sich in seinem Rollstuhl hoch, tätschelt meinen Unterarm. Und schaut nachdenklich zu mir hoch.

„Sieht er aus wie jemand, dem seine Phantasie Streiche zu spielen vermag?"

Er schüttelt den Kopf.

„Nein, nein. Ich sage dir, der Mann hat die Gabe zu sehen, was wir nicht zu sehen vermögen. Ich bin mir ganz sicher, Magda. Er hat mich bereits in den Anfängen meiner nächsten Inkarnation gesehen. Wie ich meine ersten Schritte mache."

Aloisi

„Komm rüber! Fahr mich kurz mal nach Hamburg, Aloisi!"

Er sagt hartnäckig Aloisi zu mir. Manchmal auch Loisl. Ich weiß, dass beides Koseformen von Alois sind. Aber ich heiße nicht Alois. Keine Ahnung, warum er mich so nennt. Vielleicht sehe ich nach Alois aus. Vielleicht ist es für ihn der passende Name für seine Bediensteten. Oder er nennt alle männlichen Wesen Alois. Dann müsste er sich nur zwei Namen merken. Falls er auch alle weiblichen Wesen unter einem Namen zusammenfasst. Was weiß ich.

Ich fahre aus dem Bett hoch. Durch das weit offenstehende Fenster gähnt Dunkelheit herein. Ich schaue auf meinen Wecker. Es ist kurz vor vier Uhr morgens. Das ist selbst für einen Frühaufsteher früh.

Und ich bin kein Frühaufsteher.

Kurz mal nach Hamburg! Das sind von Murnau aus immerhin achthundertfünfzig Kilometer! Letztes Mal war es Kiel. Davor Rostock. Und immer erfahre ich es erst in letzter Minute.

Was will er da oben? Frag ich mich. Ihn frag ich nicht. „Das geht dich nix an, Aloisi" würde er sagen. Uns es geht mich ja auch nichts an.

So macht er das immer.

Manchmal steht er auch schon unten vor der Haustür. Und klingelt mich runter. Zu den unpassendsten und unmöglichsten Momenten will er, dass ich ihn, quasi sofort, mal kurz irgendwohin chauffiere. Meist an etliche hundert Kilometer entfernt liegende Orte. Immer im Norden. Und natürlich ohne Angabe von Gründen.

Klar, einer der alle Männer Aloisi oder Loisl nennt und vielleicht alle Frauen Zenzi, was weiß ich, der muss nicht angeben, warum er wann und was seinem Chauffeur abverlangt.

Im Grund ist es mir wurscht, wie er mich nennt. Ich weiß ja, dass er mich meint, wenn er Aloisi oder Loisl ruft. Und der Job ist ja auch nur vorübergehend. Anna ist mit ihrer Freundin im Süden unterwegs. Und ich weiß sowieso nichts mit den Semesterferien anzufangen. Da kann ich genauso gut den Überreiter herumchauffieren. Der Überreiter zahlt gut. Und ich fahre gern große Autos. Die ich mir selbst nicht leisten könnte. Der Überreiter wohnt nur ein paar Häuser weiter. Verschlafen taste ich mich ins Bad. Gurgle kurz. Und springe in meine Jeans. Für Morgenwäsche ist keine Zeit. An Frühstücken nicht zu denken. Wenn der Überreiter sagt. „komm rüber!", dann meint er gleich. Am besten sofort. Ich schaffe es gerade mal, meinen Führerschein und meinen Ausweis einzustecken. Und ein paar Kniebeugen zu machen.

Als ich ins Freie trete, steht er schon vor der Haustür.

„Was is los, Aloisi? Iss weniger Zwiebeln und Knoblauch, dann musst du net gurgeln in der Früh!"

Was auch immer er heute in Hamburg will, es scheint ihn leutselig zu stimmen. Er klopft mir auf die Schulter. Und winkt ab.

„Macht nix, Loisl," sagt er versöhnlich, „aber denk dran: das nächste Mal keine Zwiebeln!"

Seine scheinbar aufgeräumte Stimmung springt auf mich über.

„Und keinen Knoblauch," füge ich hinzu.

„Genau, Aloisi," lacht er schallend. Und klatscht mir seine schwere Hand nochmal auf meine Schulter, „du hast's kapiert."

Er fummelt die Fernbedienung aus einer seiner Hosentaschen. Und lässt das Garagentor hochgleiten.

Sein Blick gleitet über die dort versammelten Limousinen.

„Welchen *nehma* denn heut, Aloisi?"

Und noch ehe ich antworten kann, schiebt er mich, wie gewohnt, auf den schwarzen Achtzylinder zu.

„Weißt was, Loisl, *nehma* den da!"

Ich frag mich, wozu er all die mächtigen Limousinen hier stehen hat, wenn er doch immer nur mit derselben gefahren werden will.

Und warum fragt er mich, wenn er's schon vorher weiß? Vielleicht erinnert er sich von einem Mal aufs andere nicht mehr, mit welcher ich ihn zuletzt kutschiert habe? Oder die anderen, die hier noch herumstehen, sind alle nur Attrappen. Ohne Motor. Ohne alles.

Sollte ich vielleicht mal überprüfen, denke ich und grinse in mich hinein.

Beim Überreiter weiß man das nicht.

Er schaut mich kurz an. Schüttelt den Kopf. Brummt „ich sag jetzt nix". Reißt dann die Fondtür auf. Bückt sich. Und wuchtet seinen massigen Körper, wie immer, auf die Mitte der Rückbank.

Als ich an der Fahrertür angekommen bin, zieht er schon seine Zeitung aus der Anzugsjacke, entfaltet sie. Und wirft die Fondtür wieder zu.

„Auf, Aloisi! *Fahrma*!"

Ich beobachte im Rückspiegel, wie das Garagentor wieder nach unten gleitet und die rot blinkende Lampe darüber erlischt. Dann verdeckt, wie immer, die aufgeschlagene Zeitung vom Überreiter meine Sicht nach hinten. Und ich muss mich für den Rest der Fahrt auf die beiden Seitenspiegel beschränken.

Wir erreichen die Autobahnauffahrt.

Die Scheinwerfer rollen die Fahrspuren vor mir auf. Und lassen sie in den Seitenspiegeln rötlich schimmernd ins Dunkel abfließen. Im Rückspiegel sehe ich die Glatze vom Überreiter über seiner ausgebreiteten Zeitung glänzen. Die Autobahn ist noch fast leer. Der Wagen gleitet in nördlicher Richtung durch die Nacht. Der Achtzylinder brummt unaufgeregt vor sich hin.

Als ich den Überreiter das erste Mal chauffierte, ich glaube, es war die Fahrt nach Sankt Peter-Ording. Vielleicht war es auch die nach Stralsund. Egal. Ich bring diese Städte im Norden irgendwie alle durcheinander. Jedenfalls habe ich versucht, die Musikanlage einzuschalten. In diesem Auto gibt es sicher eine potente Anlage. Dachte ich. Aber schon als sich mein Finger dem Einschaltknopf näherte, erschien im Rückspiegel der sich hin und her wiegende Zeigefinger vom Überreiter am oberen Zeitungsrand.

„Nur der Motor, Aloisi, nur der Motor!", grummelte er hinter seiner Zeitung.

Hat er die Gabe durch Zeitungen hindurchzusehen? Dachte ich verblüfft.

„Und was ist mit Radio? Von wegen Nachrichten und so?" versuchte ich es nochmal.

Ich wollte unbedingt hören, wie eine, dieser Limousine gerecht werdende, Anlage klingt.

„Do schau, Aloisi!" der Überreiter hob die Zeitung hoch, „da steht ois drin. Fahr einfach ruhig weiter!"

Dann halt nicht. Dachte ich bockig. Aber ausprobiert hätte ich sie schon gerne mal.

Es läuft immer gleich ab.

Kaum ist der Überreiter eingestiegen, verschwindet er hinter seiner Zeitung. Meist der ‚Münchner Merkur'. Hin und wieder auch irgend so ein Wirtschaftsblatt. Und er hält sich während der gesamten Fahrt dahinter verborgen.

Vielleicht schläft er ja hinter seiner Zeitung, habe ich mir schon ein paarmal gedacht. Oder er lernt bestimmte Artikel auswendig, um mit seiner Informiertheit prahlen zu können. Hab den Gedanken aber sofort wieder verworfen. Der Überreiter muss nicht prahlen. Es ist ihm egal, was andere von ihm denken.

Vielleicht tut er ja nur so. Und kann gar nicht lesen. Knistert nur auffällig mit den Seiten, um es zu vertuschen.

Nein! Der Überreiter muss auch nichts vertuschen. Oder so tun als ob.

Jedenfalls sehe ich während der ganzen Fahrt die aufgeschlagene Zeitung im Rückspiegel. Und die im blassen Licht der Leselampe schimmernde Glatze. Die immer wieder mal kurz über die Zeitungsseiten hervorlugt.

Weil ich weiß, dass der Überreiter stets so schnell wie möglich von da nach dort will, hole ich auch heute wieder alles aus dem Wagen heraus. Bei diesen opulenten Limousinen merkt man die Geschwindigkeit kaum. Auch nicht bei zweihundertachtzig Stundenkilometern. Das ist das Tückische. Finde ich. Besonders, wenn man zu früh aus dem Schlaf gerissen wurde. Und man seine Sinne erst sammeln und aktivieren muss.

Der schwere Wagen gleitet wie auf Schienen in den erwachenden Tag hinein.

Bisher gab es kaum Verkehr auf der nächtlichen Autobahn. Jetzt tauchen die ersten ebenfalls dem Schlaf entrissenen Pendler auf. Offenbar selbst zum Herunterdrücken des Gaspedals noch zu müde, zuckeln sie auf der rechten Spur dahin. So kann ich den Wagen weiter mit voller Kraft auf der linken Spur über die Autobahn jagen.

Im Rückspiegel sehe ich, wie der Überreiter ab und zu mit der flachen Hand über seinen haarlosen Kopf streicht. Als überprüfe er, ob nicht doch vielleicht an diesem Morgen ein paar Haare zu sprießen begännen.

Wie immer, wenn ich ihn chauffiere, schweigt er vor sich hin. Deshalb fahre ich verwundert hoch, als sich etwa nach vier Stunden Fahrt, irgendwo in Nordrhein-Westfalen, seine Stimme ins gleichmäßige Brummen des Motors drängt.

Bislang sah ich keinen Grund, von Höchstgeschwindigkeit abzuweichen. Es gab keine aktiven Baustellen. Und Geschwindigkeitsbegrenzungen interpretierte der Überreiter ohnehin nur als Richtgeschwindigkeiten.

Die linke Spur war fast durchgehend frei. Nur einige wenige Schleicher, die ohne ersichtlichen Grund über mehrere Spuren hinweg schaukelten, musste ich mit der Lichthupe auf die ihrem Fahrstil angemessene Spur verweisen.

Jetzt wird der Verkehr dichter. Und ich muss nun die Geschwindigkeit doch leicht drosseln. Um dem Überreiter weiterhin ein kommodes Zeitunglesen zu gewährleisten. Doch kaum habe ich meinen Fuß vom Gaspedal abgehoben, schreckt mich seine Stimme aus meinen Beobachtungen.

„Was is, Aloisi? Mag er nimmer?"

Ich starre im Rückspiegel auf die aufgeschlagene Zeitung. Hinter der ich den Überreiter nur vermuten kann.

„Is was mit'm Motor, Aloisi?"

Motor?

Wir bewegen uns immer noch mit zweihundertsechzig Stundenkilometern über die sich zunehmend füllende Autobahn. Und dem Überreiter ist's nicht schnell genug?

In den letzten Wochen habe ich mich ja an einiges vom Überreiter gewöhnt. Aber das jetzt...

Und plötzlich muss ich lachen.

„Was is so lustig, Loisl?" brummelt der Überreiter.

„Nichts. Das heißt, vielleicht doch."

„Entweder - oder, Loisl. Entscheid dich!"

„Nun, ich weiß net, wie ich's sagen soll..."

„Dann sag's *net*, Loisl, sag's einfach *net*."

„Wir fahren immer noch mit zweihundertsechzig Stundenkilometern, Überreiter!" sag ich dann doch.

„Ja. Und vorher?"

„Vorher sind wir zweihundertachtzig gefahren."

„Eben. Also, dann druck drauf!"

Und ich fahre wirklich gern schnell. Wenn's sein muss, auch sehr schnell. Vielleicht auch manchmal zu schnell. Und ich hab den Überreiter in all den vergangenen Wochen immer gerne gefahren. Seine brummige Art stört mich nicht. Er ist wie er ist, sage ich mir. Freundlichkeit ist eben nicht sein Ding. Und da er mich während meiner Fahrdienste in keine Gespräche verwickelt, kann ich so einiges für das nächste Semester vordenken. Oder dem vergangenen hinterher denken. Und ich würde den Job noch gern bis zum Ende der Semesterferien behalten.

Als ich mich jetzt weigere, angesichts des sich verdichtenden Verkehrs wieder auf zweihundertachtzig Stundenkilometer zu beschleunigen, sehe ich die Zeitung im Rückspiegel plötzlich verschwinden. Spüre, wie der Überreiter meine Nackenstütze umklammert und an ihr ruckelt. Rieche seinen Atem. Und frage mich, ob nicht auch er Zwiebeln oder Knoblauch am Vorabend gegessen hat.

„Fahr ran, Aloisi!" bellt er, „jetzt gleich! Sofort!"

Drei Befehle in einem kurzen Satz.

Unfähig, eine gegenteilige oder auch nur andere Reaktion in Erwägung zu ziehen, blinke ich wie von außen gesteuert nach rechts. Bremse ruckartig. Was die schwere Limousine mit schwerfälligem Schwanken und ein paar gutmütigen Verbeugungen quittiert. Und auf den Seitenstreifen rollt.

Kaum sind wir zum Stehen gekommen, da erscheint der Überreiter schon neben der Fahrertür. Reißt sie auf.

„Steig aus, Aloisi!" blafft er mich an.

Und weil ihm auch das nicht schnell genug geht, zerrt er mich vom Sitz hoch. Stellt mich neben die offene Fahrertür. Lässt sich auf den Sitz plumpsen. Schlägt die Autotür zu. Und lässt das Fenster heruntergleiten.

„I bin enttäuscht von dir, Aloisi. Richtig enttäuscht bin ich von dir, Loisl!" sagt er mit ungewöhnlich sanfter Stimme. Als hätte er lieber etwas anderes zu mir gesagt.

Er mustert mich, als erkenne er erst jetzt, wer ihn seit Wochen immer wieder nach Norden chauffiert hat.

„Tut mir leid, Loisl. Aber ich kann keinen brauchen, der auf der Autobahn dahinschleicht."

Sagt es. Und braust davon.

Einmal nach Italien

Unsere Freunde Heike und Xaver Hirschgruber stellen keine hohen Ansprüche an ihr Leben. Sie sind, obgleich kinderlos geblieben, ein zufriedenes Paar. Nur ein Wunsch schwebt noch immer unerfüllt vor ihnen: Wenigstens einmal im Leben eine Reise nach Italien zu unternehmen. Xaver ist vor kurzem fünfzig Jahre alt geworden.

Wenn wir unseren Traum nicht bald verwirklichen, wird es wohl nichts mehr damit werden. Denkt er. Und genau mit diesen Worten teilt er Heike seine Befürchtung mit.

„Was hindert uns eigentlich?" fügt er hinzu, „wir haben keine Kinder. Wir haben keine Geldsorgen. Nicht einmal Haustiere haben wir. Warum nehmen wir nicht diesen meinen Fünfzigsten zum Anlass, unsere Urlaube zusammenzulegen, und einfach loszufahren. In Richtung Süden."

„Du hast recht, Xaver," sagt Heike Hirschgruber, geborene Riede, zustimmend, „wir müssten uns nur in unser Auto setzen. Und losfahren."

„Da sind freilich unsere Pflanzen, auf dem Balkon und im Garten," räumt Xaver ein, „wer gießt sie, wenn wir nicht da sind? Und wir müssten die Zeitung abbestellen, dem Briefträger Bescheid sagen. Dann sind da noch meine Kegelabende. Und deine Chorproben."

„Ach was! Es müsste doch zunächst mal nur für eine Woche sein. Das würde reichen, um zu überprüfen, ob dieses Italien auch so ist, wie wir es uns vorstellen. Eine Woche lang schaffen es unsere Pflanzen schon. Und für die kurze Zeit kommen deine Kegelbrüder ohne dich und meine Chorkollegen ohne mich aus. Vielleicht träumen wir uns da nur was zusammen, was es in Wirklichkeit gar nicht gibt. Was wissen wir schon von diesem Land? Vielleicht gefällt es uns ja gar nicht," sagt Heike.

„Und wer kümmert sich um deine Mutter?" fragt Xaver.

„Ach, die wünscht sich doch auch schon ihr ganzes Leben, mal nach Italien zu kommen."

„Willst du sie etwa mitnehmen?" fragt Xaver überrascht.

„Alleine lassen können wir sie nicht," sagt Heike.

„Und du meinst, das geht gut?"

Heike zieht die Schultern hoch.

„Ich weiß nicht. Was meinst du?"

„Es ist deine Mutter," sagt Xaver.

„Aber du bist es, der sie ins Spiel bringt."

„Was heißt, ich bringe sie ins Spiel? Sie ist bereits im Spiel, und das schon seit langem."

Xaver ruft seine Schwiegermutter an. Die nur wenige Stunden später mit mehreren gepackten Koffern vor der Haustür steht. Und sie ist enttäuscht, als sie erfährt, dass die Reise nicht sofort angetreten wird.

„Ein paar Tage wird es wohl dauern, bis wir alle Vorbereitungen getroffen haben, Mutter," sagt Xaver Hirschgruber beschwichtigend, „wir müssen erst unsere Sachen zusammensuchen. Und unsere Koffer packen."

Frau Riede deutet nur stumm auf ihre Koffer.

„Ja, Mutter, ich sehe. Aber das sind deine. Auch wir müssen einiges auf die Reise mitnehmen. Das siehst du doch ein?"

Sie sieht es nicht ein.

„Ich bin nicht deine Mutter, Xaver," zischt sie. Und verabschiedet sich schmollend in das Besuchszimmer. Bis zur Abreise spricht sie kein Wort mehr mit ihnen.

Auch am Morgen der geplanten Abfahrt von Lappenhausen lässt sie sich nur widerwillig auf einen der Rücksitze platzieren. Wirft ihren Kopf in den Nacken. Und zuckt mit dem Kinn zu ihren Koffern, die noch im Hausgang stehen.

Vermutlich hat sie absichtlich schwere Steine hineingelegt, denkt Xaver, als er die Koffer zum Auto schleppt.

Bis zum Brenner schweigt sie störrisch. Doch kaum haben sie die Grenzstation hinter sich, wird sie gesprächig. Nun ist es vorbei mit der erholsamen Ruhe. Denn nun hört Frau Riede überhaupt nicht mehr auf zu reden.

„Schaut doch mal dort! Wie italienisch hier alles aussieht. Die Häuser. Die Menschen. Die Tiere. Selbst die Berge, ja sogar die Straße wirkt anders als vor der Grenze."

„Italienischer eben," sagt Xaver.

„Xaaaver! Fängst du schon wieder an zu sticheln?" sagt Frau Riede, „wenn du so weitermachst, sage ich gar nichts mehr."

Doch sie hält ihr Versprechen nicht. Jetzt findet sie auch die Autos und Ampeln italienischer. Selbst die die Berghänge hochkletternden Strommasten muten Frau Riede irgendwie italienisch an. Im Übrigen bestehe sie darauf, bei nächster Gelegenheit Chiantiwein zu trinken. Darauf habe sie sich schon ihr ganzes Leben gefreut.

„Und ich habe nicht vor, ein zweites Leben darauf zu warten," fügt sie entschlossen hinzu., „falls ich denn nochmal reinkarnieren darf."

Als sie das zweisprachige Ortsschild Sterzing-Vipiteno erreichen, steuert Xaver den erstbesten Gasthof an.

„Was soll das denn? Oben steht Gasthof und drunter steht Ristorante?" nörgelt Frau Riede, „was nun? Gasthof oder Ristorante? Können die sich nicht auf einen Begriff einigen?"

Um unergiebige Diskussionen zu vermeiden, unterdrückt Xaver den Impuls, seine Schwiegermutter darauf aufmerksam zu machen, dass sie sich im zweisprachigen Südtirol befänden.

„Ist ja auch wurscht," winkt Frau Riede ab, „Hauptsache sie haben Chiantiwein."

Und noch bevor die Hirschgrubers ausgestiegen sind, ist Frau Riede schon an der Eingangstür angelangt.

„Vino Chianti, per favore!" ruft sie laut in den Gastraum.

Xaver Hirschgruber, verblüfft über die unerwarteten Italienischkenntnisse seiner Schwiegermutter, sieht seine Frau an.

„Was weiß ich? Vielleicht aus dem Internet," sagt Heike.

„Oder sie hat sich einen Italiener angelacht. Bei ihr weiß man nie," sagt Xaver und zieht die Unterlippe nach unten.

Die Hirschgrubers haben den Gastraum noch immer nicht erreicht, da hören sie eine sonore Stimme sagen: „Wir sind hier in Südtirol, gute Frau. Hier gibt es keinen Chiantiwein."

Heike, die das nun Kommende voraussieht, eilt an den massiven Holztisch, an dem sich ihre Mutter schon breitgemacht hat.

„Die reden ja Deutsch," ruft Frau Riede enttäuscht, „ihr meint wohl, ich bin schon zu verblödet, um zu merken, dass wir hier gar nicht in Italien sind. Und es gibt ja auch keinen Chiantiwein. Entweder habt ihr mich wiedermal angelogen, oder die Österreicher haben die Grenze nach unten verschoben…"

Jetzt verkneift sich Xaver Hirschgruber, Frau Riede darauf aufmerksam zu machen, dass es nicht die Österreicher waren, die vor einer geraumen Weile die Grenze nach unten verschoben haben, sondern die Italiener nach oben.

Inzwischen schimpft Frau Riede weiter vor sich hin. Die ganze Reise sei ein Betrug. Und sie hebt drohend ihren rechten Zeigefinger gegen ihre Tochter und ihren Schwiegersohn. Wenn Sie glaubten, sie könnten sie für dumm verkaufen, dann hätten sie sich getäuscht.

Sie ist es doch, die seit dem Grenzübergang alles aber auch alles italienisch empfindet. Denkt Xaver. Auch das behält er für sich.

„Das habt ihr ja raffiniert eingefädelt," poltert Frau Riede weiter, „aber nicht raffiniert genug für Klara Riede."

Wie immer bei den Ausbrüchen ihrer Mutter in der Öffentlichkeit, errötet Heike. Wenigstens sind keine weiteren

Gäste hier, denkt sie. Und wirft einen forschenden Blick in den düsteren Raum.

Als sie im Hintergrund Tellerklappern hört, ruft sie hoffnungsvoll:

„Entschuldigen Sie, können wir hier eine Kleinigkeit zu uns nehmen?"

Eine gute Mahlzeit hat schon so manches Mal den Familienfrieden wieder hergestellt, denkt sie.

„Wenn Sie was dabeihaben, nur zu," sagt der Kellner patzig.

Heike sieht den Kellner forschend an.

Der meint das ernst, stellt sie fest.

„Sind wir hier denn nicht in einer Gaststube?" fragt sie irritiert.

„Ja, schon. Für Gäste, die sich wie Gäste benehmen."

Heike wirft einen entschuldigenden Blick auf ihre Mutter.

„Es tut mir leid, sie ist nun mal so."

„Dann bin ich eben auch so," sagt der Kellner ungerührt.

„Ich möchte jetzt auf der Stelle ein Glas, ach was sag ich, eine Karaffe, ja eine Karaffe mit Chiantiwein, die möchte ich jetzt. Und zwar sofort," plustert sich Klara Riede vor dem Kellner auf.

Eine auffallend drahtige Frau mittleren Alters kommt in den Gastraum. Wahrscheinlich die Besitzerin.

„Was ist denn los, Franzl?" Und an die Hirschgrubers gewandt, sagt sie mit versöhnlicher Stimme:

„Kann ich den Herrschaften helfen?"

„Die wollen Chiantiwein," schnauzt der Kellner.

„Wir haben aber doch hier keinen Chiantiwein," sagt die Frau irgendwie überrascht.

„Eben," bellt der Kellner und wendet sich von den Hirschgrubers ab.

„Der Franzl hat recht," sagt die vermutliche Wirtin, „hier ist nicht die Gegend für Chianti. Da müssen Sie noch ein ganzes Stückerl weiter südlich, bis in die Toskana fahren. Dort befindet sich das Chiantigebiet. Wie schenken hier unsere guten Südtiroler Weine aus."

„An Gäste, die uns willkommen sind," fügt der Kellner hinzu.

Das war deutlich, denkt Xaver Hirschgruber.

Aber nicht deutlich genug für Frau Riede.

„Papperlapapp. Ich bestehe darauf, eine Karaffe Chiantiwein serviert zu bekommen, Herr Ober!" ruft sie bockig.

Der Kellner lässt Heikes hilfesuchenden Blick an sich abprallen. Wendet Frau Riede und den Hirschgrubers den Rücken zu. Und verschwindet wortlos hinter der Theke.

„Dann fahren wir eben weiter," sagt Frau Riede, „wenn wir immer weiter südlich fahren, müssten wir ja wohl irgendwann nach Italien gelangen."

Dass sich Italien südlich von Deutschland und Österreich befindet, hat sie noch vom Geographieunterricht in Erinnerung.

„Oder nach Afrika," kommt es aus Xaver heraus, der die Weltkarte etwas weiträumiger in sich aufgenommen hat. Und er ist froh, dass es seine Schwiegermutter nicht verstanden zu haben scheint.

Die Hirschgrubers versuchen Frau Riede zum Aufstehen zu bewegen, da kommt unerwartet der Kellner wieder zurück. Bringt eine Karaffe Wein und drei Gläser an den Tisch.

Frau Riede klatscht in die Hände.

„Warum nicht gleich so?"

Es stellt sich heraus, dass Frau Riede italienischen Rotwein zusammenfassend als Chiantiwein bezeichnet. Der Kellner nimmt Heikes resignierten Ausdruck so wenig wahr, wie zuvor ihren hilfesuchenden.

Xaver ist froh, dass sich die Situation entspannt. Er hebt sein Glas.

„Salute!"

„Prost," sagt Frau Riede, die nicht einsieht, ihre Italienischkenntnisse an Nichtitaliener zu verschwenden.

Heike sagt nichts. Hebt aber auch ihr Glas an den Mund. Nimmt einen kräftigen Schluck und sieht ihre Mutter misstrauisch an. Sie traut dem Frieden nicht.

In wenigen Schlucken haben sie die Karaffe ausgetrunken. Der Kellner, der ausdruckslos beobachtend an der Theke gelehnt hat, bringt eine neue Karaffe an den Tisch. Auch diese wird von den Dreien schnell geleert. Und als Xaver Hirschgruber bemerkt, dass der düstere Raum nun noch mehr an Licht verliert, winkt er den Kellner heran, der gelassen auf sie zuschreitet. Und sich steif zu ihnen herunterbeugt.

Ob sie Zimmer hätten, fragt Herr Hirschgruber, bereits leicht lallend.

Er fängt an zu lachen, als er die Stimme des Kellners in seinem Kopf sagen hört: ‚Freilich haben wir Zimmer, meinen Sie denn wir wohnen im Stall oder in Erdlöchern?‘ Und er weiß nicht, warum es ihn noch mehr zum Lachen bringt, als der Kellner deutlich vernehmbar antwortet:

„Schauen'S, vom Südtiroler Wein wird man genauso beschwipst wie von Chiantiwein. Vielleicht sogar noch a bisserl mehr."

„Zimmer? Haben Sie Zimmer?" lallt Xaver. Und um einem weiteren flapsigen Spruch des Kellners vorzubeugen, sagt er noch:

„Ich meine: freie Zimmer?"

„Ich hab schon verstanden," sagt der Kellner, „was würden'S denn auch mit besetzten Zimmern anfangen können."

Ein echter Witzbold, denkt Xaver.

Der Kellner deutet auf das neben der Theke hängende Schlüsselbrett. An jedem Haken hängt ein Schlüssel.

„Capito," sagt Xaver und nickt.

Der Kellner winkt ab.

„Ihr braucht's eich keine Mühe geb'n. Wie Ihr gemerkt habt, sprechen wir hier Deitsch. Wenn auch a bisserl anders als ihr."

Kein Lächeln. Kein Augenzwinkern. Der ist einfach so, sagt sich Xaver. Zuckt mit den Schultern. Erhebt sich, hält auf halber Strecke inne, kann diese Stellung wegen der überforderten Muskelanspannung nicht halten. Und fällt wieder auf seinen Stuhl zurück. Frau Riede schenkt sich den letzten Schluck Wein aus der Karaffe ein. Trinkt ihr Glas in einem Zug leer. Und lehnt sich zufrieden zurück.

„Jetzt hast du ja deinen Chiantiwein bekommen, Klara," sagt Xaver.

„Du willst mich wohl auf den Arm nehmen, Xaver? Meint Ihr wirklich, ich habe nicht gemerkt, dass das kein Chiantiwein ist?"

Wie macht sie das? Denkt Xaver, vor dem sich der Gastraum zu drehen beginnt. Sie trinkt und trinkt. Und scheint immer noch völlig nüchtern.

Jetzt geht es von Neuem los, denkt Heike. Mit oder ohne Wein, diese Frau ist unerträglich. Und während sie versucht, sich in ihren Gedanken zurechtzufinden, klatscht die Hand ihrer Mutter auf ihren Rücken. Heike fährt erschrocken hoch.

„Mach dir nichts draus!" sagt ihre Mutter leutselig.

Ich? Wieso ich? Denkt Heike. Doch dann fährt ihre Mutter fort:

„Ich weiß zwar nicht, wie Chiantiwein schmeckt. Aber was dieser Wein hier mit mir macht, das gefällt mir. Herr Ober, wollen Sie uns nicht noch eine letzte Karaffe bringen, bevor wir uns auf unsere Zimmer begeben?"

„Unsere Zimmer?" fragt Heike und wiegt ihren Kopf hin und her.

„Nun, Ihr habt doch gesehen, die Schlüssel hängen alle am Brett. Was heißt, wir sind die einzigen Gäste hier. Also stehen uns theoretisch alle Zimmer zur Verfügung. Wir müssen nur noch aussuchen, welche und wie viele wir nehmen. Oder willst du etwa mit mir im selben Zimmer schlafen, Xaver?" sagt Frau Riede. Und lacht brüllend auf.

Der Kellner kommt mit einer weiteren Karaffe. Und gießt Frau Riedes Glas so randvoll, dass es, ohne etwas dabei zu verschütten, nicht bewegt werden kann.

Frau Riede zwinkert dem Kellner zu.

„Sie wollen mich betrunken machen, nicht wahr, Sie Schlimmer?" lacht sie, schüttet das Glas in einem Schluck hinunter. Und schaut den Kellner triumphierend an. Der Kellner beobachtet sie ohne Interesse. Auch als sich ihr Gesicht plötzlich puterrot färbt und ihr Kopf auf die Tischplatte kracht, verändert sich sein Ausdruck nicht. Und während die Hirschgrubers gleichzeitig den Atem anhalten und auf die vor ihnen zusammengesackte Klara Riede starren, verlässt der Kellner, als habe er nun erreicht, was er erreichen wollte, mit schwingenden Schritten den Gastraum.

Die Hirschgrubers schauen erschrocken im leeren Gastraum herum. Bis sich ihre Blicke treffen. Wenden sich dann wieder voneinander ab. Und atmen aus.

Frau Hirschgruber fühlt sich plötzlich vollkommen nüchtern. Sie holt ihren Schminkspiegel aus ihrer Handtasche. Hält ihn vor den Mund ihrer Mutter.

Jetzt spürt auch Xaver die Ernüchterung. Und legt zwei Finger an den Hals seiner Schwiegermutter.

„Sie ist tot," tönt es gleichzeitig aus ihnen heraus. Und sie sagen es, als sei Frau Riedes Ableben das, was hier und jetzt geschehen musste.

Das war's dann mit unserer Italienreise, denkt Heike Hirschberger und betrachtet ihre über den Tisch gekippte Mutter.

„Wir tragen sie ins Auto. Und schauen, dass wir von hier wegkommen," sagt Xaver, der sich freut, einen, wie er meint, brauchbaren Gedanken in seinem Kopf vorzufinden.

„Aber wir haben noch nicht bezahlt, Xaver," sagt Frau Hirschgruber.

„Ist das jetzt für dich das Vordringlichste, Heike? Mann! Wir müssen hier weg, bevor der Ober was merkt."

„Was redest du denn da, Xaver? Ich bin kein Mann. Und der Ober stand doch direkt neben uns, als, als – na, als das passiert ist, was gerade passiert ist."

„Hast du nicht gemerkt, dass der Ober nicht das geringste Interesse an uns hat. Im Gegenteil, er wird froh sein, wenn er uns loshat. Außerdem hat er nur gesehen, dass Klaras Kopf auf die Tischplatte gesunken ist, aber nicht…

„Gesunken?" unterbricht ihn Heike, „ihr Kopf ist mit voller Wucht auf das Holz gekracht."

„Ja, schrei noch lauter, dann wissen es alle! Ich sage dir, er denkt, sie ist betrunken. Wäre ja auch kein Wunder bei dieser Weinmenge! Lass uns von hier wegkommen. Sonst geraten wir hier in ein Riesenschlamassel," sagt Xaver.

Beide fühlen sie sich jetzt noch nüchterner als sie sich vor dem Trinkgelage gefühlt haben. Das letzte Tageslicht ist von den Fensterscheiben gewichen. Irgendwo hinter der Theke meint Xaver eine Katze jaulen zu hören.

„Das klingt wie ein jammerndes Kind," sagt er.

„Vielleicht ist es ja ein Kind," flüstert Heike.

„Das ist eine läufige Katze, Heike."

Xaver sieht Heikes Kopf im letzten Dämmerlicht hin und her schwanken.

„Ich weiß nicht. Bist du da sicher?"

„Was sollte denn ein Kleinkind hinter der Theke zu suchen haben?"

„Hier wundert mich nichts," murmelt Heike.

"Komm, fass mit an! Wir tragen Klara ins Auto."

Wie er plötzlich ‚Klara' sagt. So gefühllos, als handele es sich um einen Gegenstand.

Frau Riedes Körper fühlt sich beim Heraustragen so leicht an, als würden ihnen fremde Kräfte zu Hilfe kommen. An ihrem Wagen angekommen, setzen sie sie auf den Rücksitz. Und schnallen sie fest.

Heike erschrickt, als sie ihre Mutter so aufgerichtet im Auto sitzen sieht.

Noch über den Tod hinaus hat sie sich ihre herrische, drohende Haltung bewahrt. Denkt sie. Nur ihre Augen haben ihren störrischen Glanz verloren. Stellt sie beruhigt fest.

„Sollten wir sie nicht offiziell überführen lassen?" wendet Heike ein. Worauf Xaver auf die voraussichtlich erheblichen Unkosten hinweist. Und da sie etwaige andere Lösungen aus moralischen Gründen ablehnen, setzen sie sich beide ins Auto und fahren los.

In Innsbruck wollten sie sich noch einen schönen Abend gönnen. Sozusagen als Ersatz für ihre missglückte Italienreise. Und dann auch als kleine interne Totenfeier für ihre Mutter und Schwiegermutter.

Obwohl sie beide ein eher getrübtes Verhältnis zu Frau Riede hatten, sind sie nun doch irritiert, wie wenig Gefühle sie jetzt für sie spüren. Ja, da gab es dieses akute Erschrockensein, als ihr Kopf plötzlich wie eine übergroße Billardkugel auf die Tischplatte prallte. Und Xaver gesteht sich beschämt ein, dass er tatsächlich eine Sekunde lang darauf gewartet hatte, der Kopf würde mehrmals auf der Platte aufschlagen und wieder von ihr abprallen. Wie eine Billardkugel eben. Heike dagegen ist zu tiefst verwirrt darüber, dass sie gar nichts spürt. Überhaupt nichts. So als habe sie lediglich einen Koffer auf dem Rücksitz abgestellt. Der nicht das Geringste mit ihrer Mutter zu tun hat. Als sei Klara Riede auf dieser Reise gar nicht dabei gewesen. Ja, gar nicht vorhanden. Nie vorhanden gewesen.

Sie fährt vom Sitz hoch.

„Du lieber Himmel, Xaver. Wir haben ihre Koffer im Gasthof vergessen!"

Xaver sieht sie fragend an.

„Welche Koffer denn?"

„Nun, ihre Koffer. Meine Mutter hatte doch Koffer dabei."

„Aber Heike, die Koffer sind doch hinten im Auto. Die hatten wir noch gar nicht mit in die Wirtschaft getragen. Aber jetzt, wo du es sagst. Ja, die Koffer..."

Er schaut nachdenklich vor sich hin.

„Den sollten wir vielleicht unterwegs heimlich entsorgen. Deine Mutter wird ihn ohnehin nicht mehr benötigen."

„Heimlich entsorgen?" ruft Heike aufgebracht, „warum denn entsorgen? Und warum heimlich? Wir haben doch nichts verbrochen! Du tust ja gerade so, als hätten wir deine Schwiegermutter umgebracht und würden dies nun zu vertuschen versuchen."

„Jetzt beruhige dich doch, Heike! Natürlich haben wir nichts verbrochen. Aber ihre Koffer sind uns nur hinderlich und sie..."

„Und meine Mutter willst du dann wohl gleich mitentsorgen?"

„Die alte Riede entsorgen? Wie kommst du denn darauf?"

Und in diesem Moment fällt Xaver ein, dass sie noch gar nicht darüber nachgedacht haben, wie es nach dieser Überführung weitergehen soll.

„Ah ja, die alte Riede! Diese alte Riede ist, oder besser war zufällig meine Mutter!"

„Natürlich war sie deine Mutter," sagt Xaver beschwichtigend," aber, wenn ich jetzt so darüber nachdenke... sie wird uns an der Grenze in Schwierigkeiten bringen."

„Was für Schwierigkeiten denn? Und wenn schon! Bist du so gefühllos? Oder tust du nur so? Wenn dich schon sonst kein Gefühl an sie bindet. Spürst du dann nicht wenigstens eine moralische Verpflichtung in dir?"

„Du lieber Himmel! Jetzt fängst du wieder mit deiner Moral an!"

„Es ist nicht meine Moral."

„Okay, okay, diese ominöse Moral wird uns in ziemliche Schwierigkeiten bringen. Das sollte dir bewusst sein."

„Ach so, wenn sie dir unbequem ist, die Moral, dann wirfst du sie einfach über Bord?"

„Nein, so habe ich das nicht gemeint. Aber schau mal, wir wissen beide: das, was hinter uns sitzt, ist nicht deine Mutter."

„Was heißt ihr das? Meine Mutter ist doch kein Gegenstand!"

„Und auch nicht meine Schwiegermutter," fährt Xaver unbeirrt fort, „ja, das, was auf der Rückbank unseres Wagens sitzt ist ein Körper, aus dem die Seele und alles, was Klara Riede sonst noch ausgemacht hat, entwichen ist. Dieser entseelte Körper spürt nichts, weiß nichts und kann auch nichts mehr tun oder aufnehmen. Warum sollten wir uns für einen leblosen Körper in vermeidbare Schwierigkeiten bringen?"

Kaum ist sie tot, ist sie für ihn nur noch ein Gegenstand, denkt Heike bitter.

„Bist du dir da so sicher?" fragt sie.

„Sicher? Womit?!"

„Ach nichts. Ich wundere mich nur. Warst du denn schon mal tot?"

„Jetzt mach aber mal einen Punkt!"

„Mach du mal einen Punkt, Xaver!" fährt sie ihn an, „ich erkenne dich nicht wieder. Was erzählst du da für Zeug? Wie du auch immer darum herumzureden versuchst, die hinter uns Sitzende war vor kurzem noch meine Mutter."

„Und meine Schwiegermutter," bestätigt Xaver, „ja. Das war sie. Aber nun ist sie..."

„Xaaaver, bitte! Es reicht!"

„Okay, alles klar," sagt Xaver, „dann fahren wir sie eben über die zwei Grenzen nach Hause. Und denken dann darüber nach, was wir mit ihr machen. Manchmal lösen sich Probleme ja ganz von selbst."

„Was soll das heißen, was wir dann mit ihr machen?" grummelt Heike vor sich hin.

Sie erreichen die Brennergrenze. Xaver sieht die italienischen Zöllner schon von weitem.

„Ausgerechnet heute müssen die kontrollieren," schimpft er vor sich hin.

„Wahrscheinlich suchen sie wiedermal jemanden."

Ja. Uns. Denkt Xaver missmutig.

„Wir hätten das Radio anmachen sollen. Dann wüssten wir's vielleicht," sagt Heike.

„Und dann?"

„Was heißt ‚und dann'"?

„Was wäre, wenn wir es wüssten?" raunzt Xaver. „Dann hätten wir schon vorher den Ausweis von meiner Mutter herauskramen können."

Der Zöllner bedeutet ihnen anzuhalten. Betrachtet, ohne auf ihre Gesichter zu schauen, die aus dem Fenster gehaltenen Ausweise. Gibt ihnen die Papiere wieder zurück. Und deutet nach hinten.

„Meine Mutter, sie schläft gerade," sagt Heike, „sie hat eine schlechte Nacht hinter sich."

Der Zöllner zieht die Nasenflügel hoch. Und grinst.

„È buono il vino italiano, vero?"

Vor Anspannung rutscht Xavers Fuß von der Bremse. Erschrocken drückt er das Pedal wieder herunter. Im Rückspiegel sieht er Frau Riede einmal gegen die hintere, dann gegen die vordere Kopfstütze wippen.

"Ja, ja, bono, bono," sagt Xaver und vermeidet sich umzudrehen.

„Vada pure! Fahren Sie zu!" winkt sie der Zöllner lachend weiter.

Bei der nächsten Parkbucht hält Xaver kurz an. Rückt seine Schwiegermutter wieder zurecht. Als er in ihre leeren Augen schaut, erschrickt er, drückt ihre Lider nach unten. Und setzt ihr seine Sonnenbrille auf.

„Fahr du bis Innsbruck!" sagt er, „ich muss paar Takte schlafen."

Und ich? Denkt Heike. Hab ich vielleicht geschlafen? Aber sie sagt nichts und setzt sich hinters Lenkrad.

In Innsbruck angekommen, nehmen sie den Gasthof ‚Blaue Traube‘, es ist der erste, der ihnen begegnet. Sie parken das Auto an der Straße.

Xaver steigt aus, überprüft, ob seine Schwiegermutter noch aufrecht sitzt. Und schiebt die Sonnenbrille weiter hoch.

Sie checken im Gasthof ein.

Xaver fühlt sich irgendwie erleichtert. Auch Heike spürt, wie der Druck in ihr nachlässt. Arm in Arme schlendern sie durch Innsbruck. Es ist einer von diesen rotgoldenen Abenden, in die sonnige Oktobertage manchmal münden. Die Straßen sind leer. Um diese Jahreszeit gibt es nur noch wenige Touristen in der Stadt. Und die Innsbrucker sitzen vermutlich beim Abendessen.

Die von der Abendsonne angestrahlten steilen Wände der Innsbrucker Alpen schütten zusätzliches Gold über die Dächer.

„Lass uns doch heute richtig schön essen gehen," sagt Xaver aufgeräumt, "denk nur, was wir durch die Selbstüberführung deiner Mutter sparen!"

Doch im Restaurant fühlen sie beide, wie die Schwere in sie zurückkriecht. Und ihre Beschwingtheit verfliegt. Den aufgetischten Rinderbraten nach Art des Hauses findet sie zu zäh. Auch die vor Fett triefenden Bratkartoffeln mit dem verkochten Blumenkohl sind nicht dazu angetan, ihre Stimmung zu heben.

„Wie schlecht muss ein schlechtes Lokal hier sein, wenn ein sogenanntes gutes schon so schlecht ist," fragt Xaver, ohne eine Antwort zu erwarten.

„Wir hätten es uns denken können. Wenn ein Lokal so leer ist…"

„Ja, wir sind wirklich blöde. Wir dachten vermutlich, was teuer ist, muss auch gut sein."

„Nicht einmal der Wein taugt was," knurrt Heike, „ich habe das Gefühl, der ist schon gekippt. Auf jeden Fall ist er grottensauer."

Dennoch bestellen sie noch eine Literkaraffe. Gießen ihn in die vor ihnen stehenden Humpen. Trinken in gierigen Schlucken, bis die Karaffe leer ist. Und lassen sich eine weitere bringen. Es nützt nichts. Die Stimmung rutscht bei beiden immer weiter ab.

„Komm, Heike," sagt Xaver. Und greift nach den Händen seiner Frau, „es ist doch nicht so schlecht hier. Gut, das Essen taugt nichts."

„Und der Wein auch nicht," sagt Heike und streichelt nun ihrerseits seine Hände.

„Und wir haben uns. Das ist doch die Hauptsache."

Ihre Bemühungen laufen ins Leere. Sie ziehen ihre Hände wieder zurück. Das verhaltene Lächeln, das sie sich zu schenken versuchen, zerfällt in ein verkrampftes Grinsen. Die Schwere, die sich in sie eingenistet hat, lässt sich nicht vertreiben.

Als die Bedienung um sie herum zu kreisen beginnt, zahlen sie und brechen auf.

Nachdem es tagsüber noch fast sommerlich warm gewesen war, bläst nun ein überraschend kalter Wind auf das Hotelportal zu. Die Steilhänge der Innsbrucker Alpen, die den Abend vergoldet und ihre Stimmung beschwingt hatten, drücken nun beengend auf die Stadt herunter. Der Lichtschein des hinter den Bergspitzen verborgenen Mondes, lässt sie schwarz und bedrohlich erscheinen. Und die verwaisten Straßen und Gehwege machen das schlafende Innsbruck zu einer Geisterstadt.

„Ich geh noch schnell vorsorglich meine Aspirintabletten aus dem Auto holen," sagt Xaver mit schwerer Zunge.

„Geh nur! Aber du wirst sehen, bei dem Wein wird dir das auch nicht helfen," gähnt Heike.

Und als jetzt plötzlich Frau Riede in ihren beiden Köpfen auftaucht und sie vorwurfsvoll von innen heraus anstarrt, sackt ihre Stimmung ins Bodenlose.

Während Xaver in Richtung ihres geparkten Wagens geht, drückt Heike das Hotelportal auf. Der Portier erhebt sich verschlafen hinter der Anmeldetheke. Und korrigiert seine versetzt zugeknöpfte Jacke. Heike hört noch sein „Guten Abend, die Herrschaften". Dann tönt Xavers Schrei darüber hinweg.

„Das Auto!"

„Was ist mit dem Auto?"

„Das Auto ist nicht mehr da."

„Was soll das heißen? Welches Auto ist nicht mehr da?"

„Unser Auto."

Heike dreht sich um und läuft auf die Straße zurück.

„Unser Auto?"

„Ja. Es ist nicht mehr da, wo wir es abgestellt haben."

Xaver breitet seine Arme aus. Als sei ihm sein Auto gerade aus den Händen gerutscht.

„Unser Auto ist weg."

Der Portier kommt heraus. Die Knöpfe seiner Jacke stecken jetzt in den richtigen Löchern.

„Unser Auto ist verschwunden," ruft ihm Heike zu. Und sieht ihn vorwurfsvoll an.

„Wir haben es dort vorne an der Straße abgestellt," bestätigt Xaver.

„Dort vorne?" fragt der Portier und wiegt seine weiße Haarmähne hin und her, „das war nicht klug von den Herrschaften, wenn die Herrschaften erlauben. Ich verstehe schon, die Herrschaften waren vermutlich erschöpft von der Reise und haben nicht auf die Schilder geachtet. Aber auch in Innsbruck werden Autos von den Kieberern abgeschleppt, wenn sie im Haltverbot stehen."

Kieberer. Hallt es in Xavers Kopf nach. Ein Wiener Portier in einem Innsbrucker Gasthof? Denkt Xaver. Und er wundert sich, dass ihn das verwundert.

„Manchmal allerdings," fängt der Portier jetzt wieder an, „nur manchmal, ich will den Herrschaften keine falschen Hoffnungen machen, manchmal werden die Autos gestohlen, bevor die Kieberer sie abschleppen konnten.

Denn auch in unserem friedlichen Innsbruck werden in letzter Zeit ab und an Autos gestohlen."

Heike schaut zwischen Xaver und dem Portier hin und her.

„Was meint er mit ,falschen Hoffnungen'?" raunt Heike, „das klingt für mich so, als meinte er, es sei für uns vorteilhafter, wenn unser Auto gestohlen worden wäre."

Xaver zieht die Schultern hoch.

„Ich versteh's ehrlich gesagt auch nicht. Vielleicht ist es wieder dieser undurchschaubare Tiroler Humor, an dem wir uns schon in Sterzing erfreuen durften."

„Sterzing ist in Südtirol. Hier sind wir in Tirol. Tirol und Südtirol, das ist nicht dasselbe," sagt Heike, „zudem scheint mir dieser Portier eher ein Wiener zu sein."

Gemeinsam beobachten sie, wie der Portier, gemessenen Schrittes, auf das Hotelportal zuschreitet.

„Das war's dann," sagt Heike.

Sie sieht sich bereits in einer vergitterten Zelle einsitzen.

„Mit dem Autokennzeichen findet uns die Polizei in Windeseile."

„Ja und?" sagt Xaver, „hast du nicht selbst gesagt, wir haben nichts verbrochen? Plötzlich tust *du*, als hätten wir deine Mutter umgebracht."

„Wie bitte willst du der Polizei erklären, dass wir meine Mutter auf den Rücksitz gebunden haben, während wir, wenn auch weder gemütlich noch gut, in aller Seelenruhe zu Abend gespeist haben?"

„Beruhige dich! Irgendwie reden wir uns da schon heraus. Gut, unser Verhalten ist fragwürdig. Aber nicht kriminell."

„Ja, im Herausreden bist du Meister," sagt Heike unerwartet spöttisch.

Xaver zuckt zusammen, übergeht aber ihre spitze Bemerkung.

„Jetzt wo ich nochmal darüber nachdenke, weiß ich die Worte des Portiers für uns zu interpretieren, wenn er sie auch sicher nicht so gemeint hat."

„Geht's vielleicht noch umständlicher, Xaver? Die Situation ist schwierig genug, drück dich bitte klar und verständlich aus!"

„Wenn wir Glück haben, hat der Dieb unser Auto geklaut, bevor die Polizei es abschleppen konnte."

„Das habe ich schon verstanden, Xaver. Ich weiß nur nicht, was du mir damit sagen willst."

„Vom Portier war es wohl ironisch gemeint. Aber für uns ist es tatsächlich die Lösung. Der Dieb wird einen Teufel tun und die auf dem Rücksitz entdeckte Tote melden. Es würde ihm schnell klar werden, dass wir alles abstreiten könnten."

„Abstreiten? Was sollten wir denn abstreiten? Das nicht wir es waren, die meine Mutter, na du weißt schon."

„Unser Problem wäre damit auf ihn, auf den Dieb übergegangen," redet Xaver unbeirrt weiter, „denn er trüge nun die Beweislast. Also wird er versuchen die Leiche auf dem schnellsten Weg verschwinden zu lassen. Jetzt müssen wir nur hoffen, dass der Dieb schneller war als die Polizei. Und je mehr ich darüber nachdenke, für desto wahrscheinlicher halte ich es, dass sich ein Dieb unseres Autos bemächtigt hat. Hätte die Polizei beim Abschleppen eine Leiche im Auto gefunden, wäre vermutlich schon ganz Innsbruck voller ‚Tatü tata."

Xaver hält seine Handflächen an die Ohren.

„Und? Hörst du was?"

„Und wenn sie das Auto nur abtransportiert hätten, ohne auf den Rücksitz zu schauen? Die schauen doch beim Abschleppen nicht in jedes Auto, ob da eine Leiche angeschnallt auf der Rückbank sitzt."

Heike geht auf Xaver zu. Und packt ihn an den Schultern.

„Ich verstehe nicht, was mit dir los ist, Xaver. Du und dein Auto, Ihr seid doch quasi ein Liebespaar. Und jetzt überlässt du es einfach einem Dieb. Und scheinst dich auch noch darüber zu freuen."

Sie will mich nicht verstehen, denkt Xaver resigniert. Wie immer in kniffeligen Situationen sperrt sie sich gegen jedwede zielführende Betrachtung. Ja, ich mag mein Auto. Autos bedeuten mir etwas. Aber warum will sie nicht begreifen, dass es in dieser Situation um mehr als um mein Auto geht. Mein Auto ist sozusagen das Bauernopfer, das wir zu erbringen haben, um aus dieser verfahrenen Sache mit einem blauen Auge herauszukommen.

Einen Augenblick lang meint Xaver eine Polizeisirene in der Ferne zu hören. Dann kehrt die Geisterstille wieder zurück. Die Schwere der Nacht drückt wie eine Bleiplatte auf Innsbruck herunter.

Xaver fühlt sich plötzlich unendlich müde.

Was machen wir hier eigentlich? dämmert es durch sein Gehirn.

Warum habe ich mich auf diese „Überführung" eingelassen? Grübelt es in Heike nach. Aber auch sie ist auf einmal sehr müde. Zu müde, um dieses unergiebige Gespräch weiterführen zu wollen. Aber sie kann nicht verhindern, dass ihre Gedanken weiter rattern. Ich weiß ja, dass er meine Mutter nicht mochte. Sie aber jetzt einfach so an den nächstbesten Autodieb zu verschachern! So geht man nicht mit einer Toten um. Auch nicht in Gedanken! Auch nicht mit einer verhassten Schwiegermutter. Im Grunde war er immer so. Meint sich Heike jetzt zu erinnern. Seitdem ich ihn kenne. Aber als sie darüber nachdenkt, wie er denn eigentlich war, und ob sie ihn wirklich kennt, wollen ihr die rechten Worte nicht einfallen. Meine Mutter hat es von Anfang an prophezeit. Ihr passt nicht zusammen. Ihr habt euch nichts zu geben. Jedenfalls nicht das, was ihr aneinander sucht. Musste ich ein halbes Leben mit diesem Mann verbringen, um Mutters Prophezeiung jetzt bestätigt zu sehen?

Wir reden miteinander, doch wir verstehen einander nicht. Denkt Xaver. War das nicht immer schon so?

Plötzlich spüren sie beide, wie sich ihre ungesagten Gedanken in Worte zu verwandeln versuchen. Sie wenden sich abrupt einander zu. Doch ihre Blicke treffen sich nicht. Und die Worte bleiben in ihnen stecken. Erschrocken sehen sie Frau Riede vor sich stehen. Die sich hoch aufgerichtet zwischen sie gestellt hat.

Sie hat diese Italienreise auf perfide Weise dafür genutzt, um durch ihr perfekt platziertes Ableben über uns beide zu triumphieren. Denkt Xaver.

Das, worum sich ihre Mutter zu Lebzeiten immer wieder vergeblich bemüht hat, ist ihr nun nach ihrem Tod gelungen. Denkt Heike. Sie hat sich unverrückbar zwischen uns gestellt.

Noch in derselben Nacht suchen die Hirschgrubers eine Polizeistelle auf. Es stellt sich heraus, dass ihr Auto nicht abgeschleppt wurde. Sie melden es als gestohlen. Von Frau Riede erwähnen sie nichts. Am nächsten Tag fahren sie mit der Bahn nach Hause zurück. Eine Woche später sprechen beide im Bürgerbüro von Lappenhausen vor. Und trennen sich einvernehmlich.

Nachdem uns Xaver seine und Heike ihre Geschichte erzählt haben, sehen wir uns nicht mehr. Auch Xaver Hirschgruber und Heike Riede, die ihren alten Namen wieder angenommen hat, begegnen sich nicht wieder. Ihr Auto ist bis heute nicht wieder aufgetaucht. Und von Frau Riede fehlt jede Spur.

Ich hier drinnen. Ihr da draußen.

1.

„Wenn ich nicht leben würde, wäre es genauso, sage ich zu meinem Tischnachbarn." Und ziehe meine Armbanduhr auf.

Die Kneipe ist schwach besetzt.

Er räuspert sich und lässt die Asche seiner Zigarette über die Tischkante zittern.

„Wie genauso? Genauso wie was?"

„Na ja, genauso eben," sage ich, ohne ihn anzusehen.

Ich zahle mein Bier. Ich stehe auf. Ich gehe zur Tür. Wende mich noch einmal um und sehe, wie er sein dunsiges Gesicht von der Tischplatte hebt.

„Genauso wie was? Was meinst du damit?" lallt er.

Seine Frage reicht nicht bis in seine Augen. Er fragt, um zu fragen. Wartet auf keine Antwort.

Ich lehne noch eine Weile unschlüssig am Flipper neben der Tür. Unsere Blicke kreuzen sich. Aber sie treffen sich nicht.

„Ich geh' nach Bolivien," sagt er über mich hinweg.

„Nach Bolivien?"

„Hier hält mich nichts mehr."

„Und in Bolivien?"

„Egal, meinetwegen auch nach Brasilien. Oder nach Kolumbien. Überall ist es besser als hier."

„Auf jeden Fall Südamerika also," stelle ich fest.

„Ja, Südamerika."

„Und warum Südamerika? Was weißt du schon von Südamerika? Was ist da besser?"

„Überall ist es besser als hier."

„Ah ja. Dann könnte es ja auch woanders sein, oder?"

Im Flipper neben mir knacken drei Freispiele.

„Afrika, zum Beispiel."

Ein Mann ohne Haare kratzt sich am Kopf und rammt sein Knie in den Flipper.

Die Eisenkugel rumpelt laut scheppernd durch die Hindernisse.

„Ja, meinetwegen auch Afrika," grunzt mein ehemaliger Tischnachbar. Und dreht sich nach der Bedienung um.

„Solange habe ich noch nie auf ein Bier gewartet. Bis das eine kommt, habe ich schon Durst aufs nächste."

„Das wäre in Südamerika nicht passiert," sage ich.

Wieder hebt er sein Gesicht, mustert mich kurz.

„Und was ist mit Afrika?" grinst er und lässt seinen Kopf wieder auf die Tischplatte plumpsen.

Ich erinnere mich, dass ich gehen wollte. Aber ich weiß nicht mehr wohin. Wusste ich es denn vorher?

Der Türschließer scheint zu stramm eingestellt. Die Kneipentür fällt kurz hinter meinen Hacken krachend ins Schloss. Ich taumele in die Nacht hinaus.

Auf meiner Armbanduhr entdecke ich die Zeit.

21 Uhr 15.

Es ist mir egal, wie spät es ist. Dennoch beobachte ich den rhythmisch vorrückenden hauchdünnen Sekundenzeiger. Die beiden anderen Zeiger scheinen unbewegt. Erst nach einer Weile bemerke ich, dass sich auch der große Zeiger schleichend um das Zifferblatt bewegt. Der kleine scheint immer noch unbewegt. Aber natürlich bewegt auch er sich. Nur noch langsamer.

Ich spüre deine nachrichtenlose Abwesenheit. Sage laut „Nein!" ins Dunkel. Es nützt nichts. Ich sehe dich an einer Häuserfassade kleben. Und lächeln. Aber Du lächelst durch mich hindurch. Dein Lächeln meint mich nicht.

Ich durchquere die Menschen auf dem Gehweg. Die mich nicht wahrzunehmen scheinen. Als ich in den Bus steige und eine Fahrkarte lösen will, schaut auch der Busfahrer durch mich hindurch. Wendet sich dem hinter mir einsteigenden Fahrgast zu.

„Ihr Wechselgeld!" sagt er über mich hinweg.

Ich stehe aufrecht zwischen den Schiebenden und Drängelnden. Spüre warmen Atem in meinem Nacken. Ich steige wieder aus, bevor der Bus losfährt. Lasse mich auf den Gehweg fallen. Ein junges Paar kommt auf mich zu. Er hält ihre Hand mit drei Fingern, als sei es ihm unangenehm, sie mit der ganzen Hand zu berühren. Vielleicht braucht er die restlichen zwei Finger für etwas anderes. Oder sie fehlen an seiner Hand. Sie sprechen nicht miteinander. Als sie über mich hinwegsteigen, bläst sie blonde Haarbüschel aus ihrer Stirn. Ihr Rock weht über meine Abwesenheit. Ich sehe seine flatternden Hosenbeine und ihren Slip.

Ich rufe. Sie gehen unbeirrt weiter.

Die Stadt ist feucht und warm. Ich schaue, immer noch auf dem Pflaster liegend, nochmal auf meine Armbanduhr.

Es bleibt 21 Uhr 15.

Obwohl die Zeiger vorwärts ruckeln.

Ich rappele mich hoch, stelle mich auf die Beine. Gehe los und lausche dem Klang meiner Schritte. Mir ist, als schwebte ich. Mein Auftritt ist ohne Geräusch. Nur der Wind in den Blättern. In der Ferne rauscht der Verkehr.

Ich finde mich vor der Kneipentür wieder. Betrete den Gastraum. Die Zeiger auf dem Zifferblatt über der Theke zeigen auf 21 Uhr 16.

Ich atme auf.

Mein vorheriger Tischnachbar wendet sich übergangslos an mich:

„Natürlich wäre es genauso, wenn wir nicht lebten. Warum sollte es anders sein?

Er stellt sein Bierglas vor sich hin.

„Es ist wie mit diesem Bier hier," grunzt er, „es ist in meinem Glas."

Er trinkt es aus.

„... und es ist vorübergehend nicht mehr in meinem Glas."

Er bestellt ein neues Bier.

„Siehst du, so einfach ist das!"

Ich beneide ihn. Er trinkt über seine Zeitlücken hinweg.

Es ist Donnerstag und dies alles geschieht heute zum ersten Mal. Ich schaue aus dem Fenster.

Du und Dein Lächeln, ihr seid von der Fassade verschwunden.

2.

Das monotone Summen des Weckers schiebt mich in den Freitag. Das Laken zwischen den Knien. Dünne Speichelfäden auf meinem himmelblauen Kopfkissenbezug.

Es ist 13 Uhr 47.

Ich steige in meine Jeans, streife mein T-Shirt über den Kopf. Wühle in meinen Haaren. Betrete die Moltkestraße und schlendere Richtung Leopoldstraße. Das sich auf den parkenden Autos spiegelnde Sonnenlicht, sticht mir in die Augen. Ich spüre die unangenehm sumpfige Wärme in meinen Korkschuhen. Und schwappe bei der Grünampel über die Herzogstraße stadteinwärts.

Während ich mich auf die Bewegungen meiner Muskeln konzentriere, heben und senken sich meine Fußflächen automatisch. Erzeugen dabei glucksende Geräusche im feuchtwarmen Kork. Ich bleibe stehen. Drücke meine Kniescheiben fest nach innen.

Wie ein großer Kreisel dreht sich die Stadt um mich herum. Quirlt ihre Geräusche an meine Ohren.

Einen Augenblick lang fühle ich mich anwesend.

Es ist 13 Uhr 55.

An der Bushaltestelle Friedrichstraße verliere ich mich neuerlich aus den Augen.

Der Bus kommt. Und fährt ohne mich weiter. Ich rufe ein Taxi. Es hält dicht neben mir. Der Taxifahrer spuckt aus dem offenen Seitenfenster. Ich springe zur Seite. Als ich versuche die Beifahrertür zu öffnen, sitzen bereits andere Fahrgäste auf den Sitzen. Das Taxi fährt unvermittelt los. Ich strauchele und falle auf die Straße. Der Verkehr auf der Hohenzollernstraße rollt über mich hinweg.

Auf meiner Uhr ist es immer noch 13 Uhr 55.

Ich rappele mich hoch. Springe durch die Schaufensterscheibe eines Fernsehladens. Passanten kommen vorüber. Begutachten mich wie einen Fernseher. Und werfen vergleichende Blicke auf mich und die anderen Geräte.

Von meinem exponierten Platz aus beobachte ich die Busse. Die Autos. Die Fußgänger. Die Radfahrer und die Rollstuhlfahrer.

Ich weiß nicht, wie lange ich hier im Schaufenster zwischen den Fernsehern stehe. Der Verkäufer greift von hinten in die Auslage und hievt eines der neben mir stehenden Geräte heraus.

Ich möchte nicht als Fernsehapparat verkauft werden, hüpfe aus dem Schaufenster ins Ladeninnere.

Den Verkäufer scheint das nicht zu irritieren. Er zeigt mir ein Kabel, das ich nicht benötige. Dann begreife ich, dass er es dem hinter mir Stehenden anbietet. Und verlasse das Geschäft durch die Eingangstür.

Ein Summton begleitet das Öffnen und Schließen der Tür. Ich summe hinterher. Drehe mich nochmal um und sehe, wie mir der Verkäufer nachstarrt. Ich lächele ihm dankbar zu. Er hat mir Gegenwart geschenkt. Aber das weiß er nicht.

Es ist 13 Uhr 56.

An der Kreuzung Hohenzollern-Leopoldstraße höre ich eine Stimme hinter mir rufen.

„Und? Wie geht's so?"

Es ist Mark. Mark studiert Architektur und arbeitet derzeit als Bauleiter. Seine Haare sind voll Staub und Zement.

Er sieht mich fragend an.

„Wann kommt sie eigentlich zurück?" fragt er.

„Wer? Wer soll denn zurückkommen?"

„Jetzt tu doch nicht so! Du wirkst irgendwie entwurzelt!"

„Entwurzelt? Wieso entwurzelt?"

„Wollte sie nicht schon längst wieder aus der Toskana zurück sein? Wahrscheinlich hat sie ein Italo-Lover aufgerissen. Oder sie ihn."

„Einen Italo-Lover?"

Mark winkt ab.

„Was ist heute für ein Tag?" frage ich.

„Ein Scheißtag," raunzt Mark.

„Wie jeder halt. Und sonst?"

„Ein Scheißdonnerstag. Warum?"

„Nur so."

„Verstehe."

Zwischen Ampelschüben zwängt sich der Morgenverkehr aus der breiten Leopoldstraße durch die enge Häuserschlucht der Hohenzollernstraße.

Vielleicht bist du ja schon längst zurück. Und sitzt schon auf unserem gemeinsamen Sofa, denke ich plötzlich und laufe die Hohenzollernstraße hinunter zur Friedrichstraße zurück.

„Man sieht sich," ruft mir Mark hinterher.

3.

Als ich in der Moltkestraße ankomme, sitzt du auf der Bettkante. Unserer Bettkante.

„Wo warst du? Ich dachte, du würdest mich abholen."

„Tut mir leid," sage ich.

Du küsst mich flüchtig.

„Macht nichts. Ich habe auch ohne dich zurückgefunden."

Sie nimmt meine Hand. Berührt damit ihre Stirn. Führt sie dann an ihre Lippen.

„Fühl mal! Spürst du's? Ich bin hier!"

Deine Lippen sind warm und weich und vertraut. Sie duften durch meine Hände in mein Erinnern. Mit meiner freien Hand fasse ich auf meine Augen. Taste nach meinen Ohren. Schnuppere vorsichtig um deinen Körper und spähe zwischen zwei Fingern auf dein Gesicht.

„Ja, du bist da," bestätige ich, „aber ich nicht."

„Was soll das heißen, du nicht? Mit wem spreche ich dann? Wessen Finger sind es, die meine Lippen berühren?"

„Du siehst mich, aber dich nicht. Und ich sehe dich, aber mich nicht. Wir sind da. Aber nicht gleichzeitig."

Du hebst deine Augenbrauen. Deine Augen sind Schächte, aus denen Gegenwart purzelt.

„Wie immer philosophisch. Hör auf, die Gegenwart wie einen Apfel zu betrachten. Der nicht reif werden kann, weil du ihn vorzeitig auffrisst!"

Wer ist hier philosophisch, denke ich.

Es ist 15 Uhr 25.

Ich mag keine Äpfel. Ich mag keine Metaphern.

„Bis dann!" sage ich, laufe aus der Wohnung und die Treppen hinunter.

Der Tag steht vor der Haustür und ignoriert mich.

Ich ihn auch.

Die Blätter der Weide am Nachbarhaus sind ohne Farbe. Die Vorübergehenden haben ihre Gesichter nach innen gestülpt. Meine Schuhe sind voller Reißnägel. Mein Kopf krümmt sich unter meine Bauchdecke.

„Scheiße!" schreie ich, „Scheiße!"

Und in eben dieser Form würde ich mich gerne loswerden. Aber die Hausmeisterin schaut aus dem Parterrefenster. Bekümmert. Ratlos. Vorwurfsvoll. Das morgendliche Gesicht einer Hausmeisterin in einem Bessere-Leute-Haus. In das ich nicht hineinpasse. Ich kann ihr das nicht zumuten.

Ohne sie anzusehen laufe ich auf den Reißnägeln in meinen Schuhen wieder die Treppe hoch.

Als ich die Tür öffne ist viel Sonne im Zimmer.

„Ich mach uns Frühstück," sagst du, „willst du ein oder zwei Eier?"

Frühstück? Am Nachmittag?

Wenn ich nicht da wäre, wäre es genauso, denke ich.

„Eier? Willst du Eier?" erkundigst du dich noch einmal.

Welche Eier denn?

Wir sitzen schweigend, kauend und schlürfend auf dem Balkon. Die Sonne liegt sehr grell in meiner Buttersemmel und auf dem blütenweißen Porzellan meines Frühstückstellers. Ich wühle nach meiner Sonnenbrille. Finde sie unter der 'Süddeutschen Zeitung'.

„Es war so harmonisch dort," sagst du, während du Ei in dich hinein schöpfst, „diese Stille, dieses Licht! Das gibt es nur dort."

Es ist alles anders dort. Ja, d o r t ist alles besser. Denke ich. Und vergleiche deine sonnige Haut mit meinem stadtpickeligen Gesicht in der Fensterscheibe.

„Du hättest ruhig mal eine Karte schreiben können," sagst du und schiebst etwas Weißbrot zum Ei in deinem Mund.

„Seit wann schreiben die Daheimgebliebenen den Urlaubmachenden Karten?"

Die goldenen Strähnchen in deinen Haaren glitzern in der Morgensonne.

„Gerade eben noch wollte ich dir von den schönen Tagen dort erzählen! Noch sind die Bilder unversehrt. Mach sie nicht kaputt!"

Kaputt? Womit denn?

Hinter deinem Kopf taucht eine graugrüne Wolke auf. Eine hässliche Münchenwolke. Eine Hierwolke.

Ich nehme die Sonnenbrille ab. Deine Haut wird etwas heller.

„Hier ist nichts wie dort!' sinnierst du vor dich hin.

Ja, und dort ist nichts wie hier. Was ist daran so erwähnenswert? Denke ich. Unsere Welt ist nicht gut eingerichtet. Denke ich weiter. Sie ist hier. Und würde gerne dort sein. Und mir gelingt es, weder hier noch dort zu sein.

Ich schiebe die Teetasse beiseite und nestle an der Zeitung. Sie ist vollgestopft mit Aktualitäten. Die sich in mich drängen.

Die Streiks in Polen weiten sich aus.

In Deutschland misstraut man Schmidt.

Brasilien ist zahlungsunfähig.

Mexiko ist zahlungsunfähig.

Das Gebiss eines Mannes blieb in einem Kuchen stecken. Ein gegenübersitzender Gast musste sich erbrechen und fordert nun Schmerzensgeld. Kevin Coyne kommt nach Dachau. Es gibt zwei Millionen Arbeitslose in Deutschland. Bin ich da mitgezählt worden? In den Amazonasurwäldern wird weiter abgeholzt. Die Erde erwärmt sich. Dabei war es letzten Winter kalt wie selten. Trotzdem schmelzen die Pole. Ich sollte eine Arche bauen. Aber wen würde ich mit hineinnehmen?

Ich falte die Zeitung wieder zusammen und lege sie auf den Frühstückstisch.

Man muss informiert sein. Heutzutage. Sagt Mark. Unsere Ahnen und Urahnen konnten es sich noch leisten, nicht zu wissen, was in der Welt passiert. Doch die Welt ist gläsern geworden. Sagt Mark. Es ist töricht, sich die Augen zuzuhalten. Und nicht sehen zu wollen, was deutlich zu sehen ist.

Wenn es deutlich zu sehen ist, bin ich doch bereits ausreichend informiert. Denke ich.

Ich reiche dir die zusammengefaltete Zeitung hinüber.

Du schüttelst den Kopf.

„Nachrichten und Zeitungen verengen mein Blickfeld auf einen willkürlich herausgeschälten Ausschnitt der Welt," dozierst du.

„Ist es nicht das, was du willst?" frage ich verwundert.

„Wie bitte? Wie meinst du das?"

„Sie lenken dich weg von dem Platz, an dem du dich gerade ungern befindest."

„Spinnst du? Wovon redest du eigentlich?"

„Wolltest du nicht eben noch dort statt hier sein?"

„Aber doch nicht dort, wo mich die Zeitung mit ihren sogenannten Aktualitäten hinhaben will. Du weißt, dass ich Aktualitäten hasse. Aktualitäten hängen wie Tautropfen im Spinnennetz der Zeit. Wenn genug Licht auf sie fällt, spiegeln sie vielleicht etwas von der uns umgebenden Wirklichkeit wider. Doch schon der nächste Windstoß zerstäubt es in Bedeutungslosigkeit."

„Sehr blumig ausgedrückt. Du solltest Gedichte schreiben!"

„Ach, lass mich in Frieden. Das überlasse ich dir."

Du wendest dich wieder deinem Frühstück zu.

„Ich muss nachher noch auf die Post!" sagst du, „ich muss einen Brief aufgeben."

An den Italo-Lover, denke ich.

Du streichst deinen geliebten Philadelphia-Käse auf eine Semmelhälfte. Ich verstehe nicht, was du an diesem Frischkäse findest. Ich finde, er schmeckt nach nichts. Vielleicht schmeckst du ihn ja auch nicht. Er ist dir lediglich zur Gewohnheit geworden. Du kaufst ihn, bezahlst ihn, trägst ihn nach Hause und streichst ihn auf deine Semmelhälfte.

Sonnenfitzelchen hängen an deinen Ohrläppchen. Die Wolke ist rechts an deinem Kopf vorbeigezogen.

Das Thermometer am Balkontürrahmen zeigt 55 Grad Celsius in der Sonne.

„Das kann ich doch übernehmen," sage ich lauernd.

„Gern, " sagst du, „dann kann ich mich noch ein bisschen auf den Balkon in die Sonne setzen. Du musst ihn als Einschreiben schicken."

So schwer wiegen die ihm inne liegenden Worte, denke ich.

4.

Ich widerstehe der Versuchung und halte deinen Brief fest in meiner rechten Hand. Ohne auf die Adresse zu sehen. Ich will es nicht wissen, was ich wissen will.

Es ist 16.29 Uhr, als ich die Schalterhalle betrete.

Sie ist leer. Der Postbeamte am Schalter bewegt seine Lippen und sieht mich fragend an. Doch seine Worte verflüchtigen sich, ehe sie bei meinen Ohren ankommen. Werden zu fremdartigen Symbolen, die nicht mehr wissen, ob sie sich den Weg zu mir bahnen sollen.

Dann fallen auch die Buchstaben aus den Wörtern. Schwimmen in die Schalterhalle. Plötzlich stehen viele Menschen um mich herum.

Ganz vorne, in der Warteschlange am Schalter fünf, stehst du. Wie ist das möglich, denke ich.

Doch ganz ohne jeden Zweifel. Du stehst dort am Schalter fünf, bist die Nächste, die drankommt.

Deine gebräunten Arme schlenkern lässig in den Ärmeln deiner Bluse. Ich laufe auf dich zu. Fasse nach deiner Schulter. Greife ins Leere.

Die Uhr im Postamt zeigt weiter 16 Uhr 29 an.

Ich versuche, mich von der Stelle zu bewegen. Aber meine Bewegungen bleiben in mir stecken. Ich sehe, dass deine linke Hand von einer anderen Hand gehalten wird. Eine kräftige Hand. Deine Finger spielen um die Finger dieser Hand. Die Hand schließt sich kraftvoll um deine. Die den Druck. erwidert. Ich presse meine Handballen auf meine Augäpfel. Als ich sie wieder wegnehme, sehe ich dich immer noch am Schalter fünf stehen. Deine Hand in einer fremden Hand.

Ich haste aus dem Postamt.

Als ich die Moltkestraße erreiche, höre ich die Turmuhr des naheliegenden Gymnasiums schlagen.

Es ist 16 Uhr 30.

Ich sehe dich oben auf dem Balkon sitzen. Die Augen geschlossen. Dein Gesicht voll Sonne.

„Du bist schon wieder da?" sagst du beiläufig, als ich in die Wohnung trete.

„Ich habe dich im Postamt getroffen!" sage ich.

Du räumst das Frühstücksgeschirr in die Küche. Ich fasse deine beiden Hände. Sie fühlen sich weich und vertraut an.

„Hast du gehört, was ich gesagt habe?"

„Du hast mich im Postamt getroffen."

„Ja, am Schalter fünf."

„So, so, am Schalter fünf."

„Du warst nicht allein."

„Interessant. Ich war also im Postamt. Am Schalter fünf. Und ich war nicht allein. Sonst noch was?"

Ich denke an die fremde Hand von vorhin und lasse deine Hände los.

„Und?"

„Was und?"

„Willst du mir nichts dazu sagen?"

„Wie kann ich gleichzeitig hier und im Postamt gewesen sein? Sag du es mir!"

„Du könntest schneller gegangen sein. Dann wärst du vor mir dort und vor mir wieder zurück gewesen."

Du kommst auf mich zu, nimmst meine beiden Hände und siehst mich nachdenklich an.

„Sag, muss ich mir Sorgen um dich machen?"

„Du warst nicht allein."

„Jetzt hör mir mal zu! Falls ich also wirklich im Postamt war, ist es kaum verwunderlich, dass dort auch noch andere außer mir waren. Viele Leute gehen zur Post, um dort Briefe, Päckchen oder Pakete aufzugeben oder Briefmarken zu kaufen. Das ist in einem Postamt so üblich. Aber ich war natürlich nicht im Postamt. Was sollte ich dort? Du hast dich doch angeboten, meinen Brief dorthin zu tragen.

Und ihn sicherlich dort aufgegeben, oder? Hätte ich noch mehr Briefe aufzugeben gehabt, hätte ich sie dir mitgegeben. Logisch, oder? Ich war hier auf dem Balkon."

Sie hält inne.

„Warum starrst du mich durch deine Beine an?"

Ich habe meinen Oberkörper vornübergebeugt und lasse meinen Kopf durch meine Beine baumeln.

Du stehst auf dem Kopf und setzt deine Sonnenbrille auf.

Oder ab. Das kann ich aus der Perspektive nicht eindeutig feststellen.

„Nicht sonderlich witzig. Glaubst du, so einen anderen Blick auf die Welt zu gewinnen?" fragst du spöttisch.

„Ich hänge meinen Rücken aus," sage ich, „das tut gut."

„Na, dann häng mal! Ich treffe meine Mutter im Café *San Marco*. Komm nach, wenn du dich ausgehängt hast!" sagst du und verlässt die Wohnung auf dem Kopf.

5.

Kurze Zeit später sitze ich mit dir und deiner Mutter im Café *San Marco* am Hohenzollernplatz.

„Schön euch wieder zusammen zu sehen," sagt deine Mutter, streicht über deinen Hinterkopf. Und sieht neben dich. Dort ruht deine Hand in einer anderen Hand.

Dieselbe Hand, wie im Postamt?

„Wenn ich nicht da wäre, wäre es genauso," sage ich.

Deine Mutter sieht mich belustigt an. Ihre Augen glänzen in den lauen Nachmittag.

„Wenn du nicht da wärst, wäre es nicht genauso. Für dich selbst vielleicht - aber nicht für die andern."

Der Ober kommt an unsern Tisch.

„Einen Cappuccino und einen Erdbeerkuchen," sagt deine Mutter.

„Wie meinst du das mit den andern?" frage ich deine Mutter.

„Die andern eben, die Menschen um dich herum, die nicht du sind."

„Und die Herrschaften?" fragt der Ober.

„Für mich eine Sacher. Und ein Kännchen *Darjeeling,*" sage ich.

Der Kellner sieht fragend auf dich.

Du schüttelst den Kopf.

„Für uns nichts," sagst du.

„Uns?" frage ich.

Du antwortest nicht.

Deine Hand steckt fest in dieser anderen Hand neben dir. Eure Finger verhaken sich ineinander.

Ich schaue auf die Uhr an meinem Handgelenk.

Es ist 18 Uhr 15.

Ich schließe meine Augen. Zähle bis sechzig. Spähe dann wieder auf das Zifferblatt.

Es ist 18 Uhr 16.

Ich beobachte den Sekundenzeiger. Er tickt unerbittlich weiter und drängt den dickeren Zeiger mit sich mit.

Es ist 18 Uhr 17.

Dein nackter Fuß ist aus der Sandale geschlüpft.

„Was wäre denn anders für die anderen?" frage ich, „für euch, zum Beispiel?"

„Geht's auch mal nicht philosophisch?"

„Philosophisch?"

„Ja, philosophisch," sagst du und schüttelst deine Haare.

Deine Mutter nickt.

Aus meiner philosophischen Verbannung beobachte ich eure kleinen Gesten schweigenden Einvernehmens. Drücke meinen Rücken heftig gegen die heiße Lehne des weißen Plastikstuhls. Die Zeiger auf meiner Armbanduhr ticken langsam und quälend weiter Zeit in meine Augen.

Es ist 18 Uhr 18.

Der Ober stellt den Cappuccino neben den Erdbeerkuchen vor mich und das Teekännchen und die Sacher vor deine Mutter.

Sie hängt den Teebeutel in die Kanne und schnippt die Schokoladenkugel von der Sachertorte. Ich beobachte weiter deine Hand in der anderen Hand. Und schaue in meine leeren Hände.

Als ich die Gelatine vom Erdbeerkuchen schabe, sagt deine Mutter:

„Habe ich nicht den Erdbeerkuchen bestellt? Und den Cappuccino?"

Du siehst zu mir herüber. Deine Augen liegen in meinen. Aber sie meinen mich nicht.

„Hier," sage ich zu deiner Mutter und schiebe Cappuccino und Erdbeerkuchen zu ihr hinüber.

„Ach, lass mal," wehrt sie ab, „die Sacher ist ausgezeichnet. Und vielleicht bekommt mir der Tee sogar besser."

„Haaallooo!" rufe ich über den Erdbeerkuchen hinweg. Obwohl ich weiß, dass ich Euch nicht erreiche. Und die Rollen längst verteilt sind.

Ich beobachte einen Mann am Nebentisch, um mich von euch abzulenken Der Mann versucht vergeblich, eine Fliege von seiner Nase zu pusten. Die Flügel der Fliege zittern störrisch. Sie lässt sich nicht wegblasen. Sie hat ihren Platz gefunden. Und verteidigt ihn.

Es ist 18 Uhr 22.

Ich merke, wie ihr von mir abrückt. Spüre, wie ich leichter werde. Und die Erde unter mir weg sinkt. Sehe, wie die Café- Gäste Kuchenstücke in sich hineinschaufeln. Fühle, wie sich mein Brustkorb weitet. Wie ich den klebrigen Kontakt zu meinem Plastikstuhl verliere. Und zu schweben anfange.

Ich steige höher. Und alles unter mir wird kleiner und kleiner.

Ich sehe den Ober, jetzt winzig, an unser eben noch gemeinsames Tischchen eilen. Sehe ihn auf meinen leeren

Stuhl deuten. Sehe, wie du den Erdbeerkuchen an dich heranschiebst, dich über den Cappuccino beugst und die Sahne abschlürfst.

Eure Gesichter kann ich jetzt nicht mehr erkennen.

Ich schwebe bereits über die Wipfel der Pappeln. Letzte Sonnenstrahlen berühren mein Gesicht. Während ihr dort unten bereits im Schatten sitzt.

Der rote Backsteinturm der Ursulakirche ragt über die Dächer. Das Zifferblatt der Turmuhr kann ich von hier oben schon nicht mehr erkennen.

Es ist ein wolkenloser windiger Abend.

Unter mir verschwimmen die Konturen der Stadt. Die Stunden lösen sich aus den Tagen, die Minuten fallen aus den Stunden, die Sekunden rinnen aus den Minuten.

Ich steige höher und höher...

Roller-Rudi
oder
Warum man den Bäcker grüßen sollte

Der Bäcker in unserer Straße bäckt, wie viele Bäcker, manchmal vergiftetes Brot. Er weiß sich nicht anders zu helfen. Das verstehen die Leute in unserer Straße. Und kaufen woanders ihr Brot. Die meisten diesbezüglichen Todesfälle finden daher nicht in unserer Straße statt.

Ich bin wohl der Einzige in unserer Straße, der doch bei unserem Bäcker einkauft. Denn sein Brot ist im Grunde sehr gut. Wenn es nicht vergiftet ist. Mein Brot ist auch nie vergiftet. Denn ich grüße unseren Bäcker immer sehr freundlich.

Das mag er. Und ich weiß das.

Oft lache ich über die Leute in unserer Straße, die morgens um mehrere Häuserblocks gehen müssen, um zu ihrem Brot zu kommen. Einige haben ganz aufgehört zu frühstücken.

Besonders die Gehbehinderten.

Als ich dem Bäcker die Geschichte erzähle, lacht er grimmig und bietet mir sofort eine Semmel an. Ich lehne ab. Und verlasse grußlos den Laden. Der Bäcker, völlig irritiert, beißt entschlossen in besagte Semmel.

Wir haben jetzt keinen Bäcker mehr in unserer Straße.

Ich habe Glück gehabt.

Aber für die Gehbehinderten ist die Situation unverändert.

*

In einer nasskalten Novembernacht bin ich dieser kleinen Geschichte unerwartet wieder begegnet.

In meinem ehemaligen Lokal gab es einen Rollstuhlfahrer, der Rudi Winter hieß. Rudi war kein pflegeleichter Gast.

Von einem Augenblick auf den anderen konnte er aus wilder Lebenslust in tiefe weinerliche Abgründe stürzen.

Und umgekehrt.

In diesen Exzessen seiner jäh auf und ab wallenden Stimmungen lernte ich nach und nach das zornige Aufbegehren eines Menschen zu entziffern, dessen Körper an einen Stuhl mit zwei Speichenrädern gefesselt war.

Obwohl eine Hand unbrauchbar war, und sein karges Gefährt über keine motorischen Hilfen verfügte, bewegte sich Rudi Winter mit der verbliebenen nützlichen Hand so geschickt und behänd durch die engen Stuhlreihen des Lokals, als sei er mit seinem Rollstuhl verwachsen. Nur beim Rein- und Rausfahren über die zwei klobigen Steinstufen vor dem Lokaleingang, benötigte er Hilfe. Die er ohne Umschweife beim nächstbesten Gast oder vorbeieilenden Passanten einforderte.

Sich mit Rudi Winter zu unterhalten war eine Gratwanderung. Man wusste nie, ob er nicht im nächsten Moment in einen seiner Traurigkeitsschlünde kippte. Sich dann zusammenkrümmte, die verkrüppelte Hand mit seiner gesunden umschlang. Und bitterlich zu weinen anfing. Ebenso übergangslos konnte er in exzentrisches Grölen verfallen. Stühle, die ihn bei der Fahrt zur Toilette provozierten, polternd beiseite werfen. Auch wenn sie ihm gar nicht im Weg standen. Wobei Gläser und Geschirr von den Tischen gerissen wurde. Und klirrend zu Bruch gingen.

Rudi Winter konnte sich urplötzlich in seinem Rollstuhl aufbäumen und Unflätiges durch den Raum brüllen. Er stützte sich dabei mit seiner gesunden kräftigen Hand von der Rollstuhllehne ab. Ließ die andere drohend kreisen. Und beschimpfte jeden, der sich in seiner Nähe befand.

Worauf mich meine Mitarbeiter und die Gäste auffordernd ansahen. Sich dann kopfschüttelnd abwandten, wenn sie merkten, dass ich ihre Erwartung enttäuschte, diesen pöbelnden Störenfried, Rollstuhlfahrer hin oder her, endlich aus ihrem Umkreis zu entfernen.

Und Rudi strahlte.

Er spürte die Spannung zwischen den drängenden Gesten der Bedienungen, dem Unmut der Gäste und meiner eigenen Unschlüssigkeit, ja Unfähigkeit. Und genoss seinen Sieg. Oder was immer er dabei empfand.

Er spürte, dass ich ihn niemals hinauswerfen würde, wie immer er sich auch aufführte. Und das nützte er leidlich aus.

Rudi Winter lachte anders als jeder, den ich kannte. Sein Lachen war ungestüm. Aufschreie gebremster Lebenskraft. Die sich steigerte. Bis sein ganzer Körper davon geschüttelt wurde. Um dann abrupt und völlig unerwartet wieder in sich zusammenzufallen.

Rudis Lachen hatte auch etwas Diabolisches. Als würde es ihn jeden Augenblick zum Platzen bringen. Und als provokanter Vorwurf gegen sein Schicksal aus seinem Rollstuhl schleudern. Dieses Lachen explodierte aus seinem weit aufgerissenen Mund. Wie ein nicht enden wollender Donner auf einen nicht erfolgten Blitz. Sein Gesicht verzerrte sich zu einer Fratze. Die Pupillen so sehr in seinen Kopf hinein verdreht, dass sich nur noch das Weiße aus seinen Augenhöhlen wölbte. Dabei wand er sich so heftig in alle Richtungen, dass sein Rollstuhl bedrohlich hin und her schwankte.

Es schien, als habe sich all sein unterdrücktes Aufbegehren, Wut, Verzweiflung, Trotz und Traurigkeit in Gelächter verwandelt. Als berste nun dies alles auf einmal aus ihm heraus. Und wolle seinen verunstalteten Körper in Stücke reißen.

Lächelte Rudi aber, war sein Gesicht weich und zugewandt, ja weise. Seine Augen wissend und voller Demut. Als wäre er mit sich, der Welt und dem, was er zu tragen hatte, vollkommen im Reinen. Und meine, jedem, der sich in diesem gerade in seiner Nähe befand, vergeben zu müssen, was *ihm* vom Schicksal aufgeladen worden war.

Es war nicht leicht, sich mit Rudi Winter durch ein Gespräch zu fädeln. Versuchte man ihm mit hinter Floskeln getarntem Interesse zu begegnen, wies er einen unverblümt darauf hin. Wozu es ihm weder an Worten, noch an Hemmungslosigkeit fehlte. Er zielte schonungslos auf das, was man zu vertuschen versucht hatte. Legte es frei. Und wühlte darin herum. Bis es weh tat.

Rudi wollte die volle und ganze Aufmerksamkeit. Es war unmöglich, über ihn hinwegzureden. Ohne zu zögern, riss er einem die Maske geheuchelten Mitleids oder gespielter Aufmerksamkeit herunter. Deckte grinsend auf, was sich hinter dem aufgesetzten Verständnis verkrochen hatte. Und ließ sein diabolisches Gelächter darauf nieder poltern.

Wenn ich mich aber wirklich auf ein Gespräch mit ihm einließ. Das, was ich zu ihm sagte, auch tatsächlich meinte, und dem, was er mir zu sagen hatte, uneingeschränkt Gehör schenkte, bekam ich dieses weiche Lächeln, das wie ein tröstender Lichtschein über seinem kläglich in den Stuhl gedrängten Körper erstrahlte. Und mir für wenige Minuten die Kraft gab, die Vorstellung auszuhalten, was er ein Leben lang zu ertragen hatte.

Nein, Freundschaft ist zwischen uns nie entstanden. Dafür waren die Welten zu verschieden, in denen wir uns bewegten. Wahrscheinlich ging unser Interesse aneinander nicht wesentlich über die vorgegebene Gast-Wirt-Beziehung hinaus. Es war dies das Spielbrett, auf dem wir unsere Figuren setzten. Uns annäherten. Abgrenzten. Uns gegenseitig aus- oder einander zuspielten.

Rudi hatte seine Clique. Die ihn ertrug. Vielleicht auch mochte. Seine unvorhersehbaren Eruptionen duldete. Vielleicht auch brauchte. Oder sich mit ihnen brüstete.

Die Koordinaten jedoch, in die unser Verhältnis eingespannt war, bestanden aus einer ungleich verteilten und einer stets wechselnden Mischung aus Genervtheit, Bewunderung, Verunsicherung, Abwehr und Interesse. Manchmal auch Spott und einem mir selbst auf die Nerven gehenden Mitleid.

Nur ein einziges Mal flutete unsere durch die Umstände vorgegebene Beziehung über die begrenzenden Ufer.

An einem nieseligen Novemberabend.

Es war schon spät. Die Bedienungen waren gegangen. Ich räumte die letzten Gläser ins Regal und war gerade dabei, mich innerlich auf das Ende der Schicht vorzubereiten. Da klopfte Rudi ungeduldig mit seiner Krücke gegen die Eingangstür und forderte mich auf, ihn in seinem Rollstuhl über die Steinstufen hochzuziehen.

Er wusste, dass er mich störte.

In diesen letzten Minuten, bevor ich das Lokal absperrte, wollte ich für mich, wollte ich allein sein. Und Rudi wusste das. Aber das kümmerte ihn nicht weiter. Es war ihm wiedermal zu eng in ihm und seinem Rollstuhl geworden. Und er brauchte jemanden, um abzuladen, was sich in ihm aufgestaut hatte. Und da aus seiner Clique keiner dafür in Betracht kam, hatte er mich dafür auserkoren.

Ich fühlte mich müde und leer. Hatte keine Lust zu quatschen. Und schon gar nicht mit Rudi. Doch es waren keine Gäste mehr da, die mir eine glaubwürdige Begründung geliefert hätten, mich vor einem Gespräch mit ihm zu drücken. Also ließ ich mich erweichen. Zog ihn über die Stufen hoch. Und sein sanftes Lächeln erhellte einen Augenblick lang die abweisende Novembernacht.

Um seinen üblichen Freibieranspielungen zuvorzukommen, stellte ich ein volles Glas vor ihn hin.

Ich erinnere mich nicht mehr, über was wir geredet haben. Vermutlich über Gott und die Welt. Wie das in Kneipen so üblich ist. Man musste auch gar nicht darüber nachdenken, worüber man mit Rudi Winter redete. Er führte einen durch die Gespräche, wie er sie haben wollte. Ließ einen wissen, was er von diesem oder jenem hielt. Stellte

Fragen, auf die er keine Antworten erwartete. Und beantwortete keine Fragen, die sich aus seinen Ausführungen ergaben.

Bis er das Gespräch schließlich mit der Behauptung beendete, er sei gar nicht wirklich behindert.

Ich sah ihn verblüfft an. Wartete darauf, dass er gleich in Gelächter ausbrechen würde. Doch Rud fuhr mit ruhiger Stimme fort, sein Rollstuhl diene ihm nur als vorübergehender Ersatz für die ihm von der Natur zugedachten, aber von Gott noch nicht in Funktion gesetzten Körperteile. Und dass Gott, weil er es wohl vergessen habe, seine Hand zu entkrüppeln und seine Beine gehfähig zu machen, die ihm, Rudi Winter, zu Lebzeiten auferlegte Schmach dereinst wiedergutmachen würde. Ja er sei fest davon überzeugt, Gott würde ihn, als Ausgleich für sein eingeschränktes Erdenleben, im Himmel großzügig dafür belohnen. Während wir Unbehinderten, und jetzt fixierte er mich mit einer Mischung aus Mitleid und Häme und wiederholte – während wir Unbehinderten nach unserem irdischen Leben weniger Erfreuliches zu erwarten hätten.

Ich wartete darauf, dass er gleich aufschreien, lachen oder zu weinen anfangen würde. Hoffte, er würde sich für ein Lachen entscheiden, vergaß dabei, dass dieses Lachen weit schrecklicher als sein Aufschreien und Weinen sein konnte. Und ich schaute verunsichert um ihn herum.

Aber Rudi schrie nicht. Lachte nicht. Und er weinte auch nicht.

Er krümmte sich in seinem Gefährt zusammen. Verstummte und war nicht mehr ansprechbar. Als wartete er darauf, dass Gott ihn just in diesem Augenblick aus seinem Rollstuhl hob und ihn in ein besseres Leben zu sich heraufholte.

Eine Weile saß er schweigend und bewegungslos da.

Dann, als habe Gott ihn um noch etwas Geduld gebeten, zuckte er plötzlich mit den Schultern.

Und fragte mich, wie *ich* es schaffte, ein Leben ohne Rollstuhl zu bewältigen.

Mit dieser Frage hatte ich nicht gerechnet.

Ich wusste, Rudi Winter konnte witzig sein. Und voller Selbstironie. Doch als er mich nun mit einem breiten Grinsen darauf hinwies, dass die Reparaturen an seinem Gefährt, das seine funktionseingeschränkten Gliedmaßen unterstützte, weit günstiger und vor allem unkomplizierter seien als etwaige anstehende Eingriffe an meinen Gliedmaßen, wusste ich nicht mehr wo ich hinschauen sollte.

Was Rudi dazu veranlasste, meine Schulter zu tätscheln.

„Du tust mir leid. Ihr alle tut mir wirklich leid," seufzte er.

Wir alle? hallte es in meinem Kopf nach.

Ich sah ihn fragend an.

Das Grinsen war aus Rudi Gesicht verschwunden.

Und er sagte gönnerisch:

„Ach, weißt du was, heute lade ich dich mal auf ein Bier ein."

Rudi lädt mich auf ein Bier ein? Dachte ich verwundert. Das hatte es noch nie gegeben. Ich scheine ihm allen Ernstes leid zu tun.

Selten bot mir die eigene Anspannung an meinem Arbeitsplatz die Lockerheit, auf das, was Rudi sagte, so einzugehen, wie er sich das vielleicht gewünscht hätte Aber wie lange seine Monologe auch dauerten, mich beschäftigten, manchmal auch nervten, weil sie mich von der Arbeit abhielten, stets verband uns ein unausgesprochenes Einverstandensein mit unseren Rollen.

Er redete auf mich ein. Und ich hörte ihm zu.

Wir tranken noch einige Biere zusammen. Ich spürte, wie meine Lider immer wieder nach unten sackten. Bemühte mich, meine nachlassende Aufmerksamkeit vor Rudi zu verbergen.

Irgendwann schaute ich auf die Uhr über dem Tresen. Es war schon zwei vorbei.

Doch Rudi bemerkte meinen Blick. Und sagte:

„Hilfst du mir noch über die Stufen?"

Ich stellte ein Bierglas unter den tropfenden Zapfhahn. Knipste alle Lichter aus. Rollte Rudi an die Eingangstür heran. Drehte seinen Rollstuhl so, dass er mit der Rückenlehne zum Eingang stand. Stemmte mein Knie in die Tür. Und schob den Rollstuhl, über die steilen Steinstufen auf den Gehweg. Steil nach hinten gekippt, damit Rudi nicht kopfüber herauspurzelte.

Ihr tut mir leid. Tönte es noch einmal in mir nach.

Und während ich ihn zusammengekauert in seinem Stuhl sitzen sah, wie er seine deformierte Hand anstarrte, und sie mit seiner gesunden umfasste, versuchte ich zu begreifen was Rudi mit seinem Satz gemeint haben könnte.

Und sperrte die Lokaltür zu.

Als ich mich wieder umdrehte und sein Blick mich traf, gelang es mir nicht, ihm eine gute Nacht zu wünschen.

So warteten wir beide in dieser trostlosen Novembernacht, wie wir voneinander loskämen.

Er in seinen Rollstuhl geklemmt.

Ich auf meinen müden Beinen.

Ich spürte, wie Rudi mich mit seinen feinen Antennen abtastete. Und er nutzte diesen Augenblick meiner Unschlüssigkeit. Hob sein Gesicht aus seinem Schoß, blinzelte gegen den Strahler über der Eingangstüre zu mir hoch. Schenkte mir sein weiches Lächeln. Und sagte:

„Ach, bring mich doch nach Hause!"

Und schon schob ich ihn vor mir her, die nächtlich ausgestorbene Kreittmayrstraße entlang, an der altehrwürdigen Bennokirche vorbei. Obwohl ich mir von Anfang an geschworen hatte, dass unsere Beziehung zueinander an der Schwelle zum Lokal zu enden hatte.

Die Nacht war nass und ungemütlich. Und die Straßenlaternen warfen ihr noch ungemütlicheres fahles Licht auf uns und die Häuserfassaden.

Wir redeten kein Wort miteinander, während ich ihn vor mir durch die Nacht schob.

Ich hatte keine Ahnung, wo Rudi Winter wohnte. Wollte es auch nicht wirklich wissen. Und hatte nicht die geringste Lust, ihn auf seinem Rollstuhl ewig weit durch die nächtliche Maxvorstadt zu schieben. Und als hätte er mich neuerlich mit seinen Sinnen durchleuchtet, gluckste er fast unhörbar vor sich hin:

„Is nicht mehr weit. Gleich um die Ecke. In der Loristraße. Im fünften Stock."

Im fünften Stock? wollte ich erschrocken fragen. Aber wieder kam mir Rudi zuvor.

„Keine Angst! Es gibt einen Aufzug."

Also schob ich ihn weiter um die Kirche herum. In die Loristraße hinein.

An der Ecke Linprunstraße stieß er mit seiner gesunden Hand hinter sich gegen meinen Bauch. Sagte: „Hier." Drückte mir einen Schlüssel in die Hand. Und leierte wie ein Automat herunter:

„Dort hinter dieser Glastür. Gleich rechts ist die Aufzugstür!"

Wie oft mag er das schon gesagt haben? Fragte ich mich.

Unwillig sperrte ich die Glastür auf. Sie klemmte und gab erst beim dritten Versuch, mit Hilfe eines Fußtritts gegen den unteren Türrahmen, nach.

Rudi schien das komisch zu finden. Er kicherte in sich hinein.

„Der Mike hat sich schon mal die kleine Zehe dabei angebrochen," klärte er mich auf, „das kann mir nicht passieren," fügte er belustigt hinzu.

Als das grelle Neonlicht im Treppenhaus ansprang, sah ich Rudi Winter. Wie er, leicht überhängend, über seine beiden Hände gebeugt saß.

Ein in sich zusammengesacktes Häuflein Mensch.

Der Lift kam. Die Tür glitt auf.

Und ich fragte mich, wie er es wohl alleine schaffte, die Eingangstür aufzudrücken und sich in diese enge Kabine zu manövrieren.

Wahrscheinlich fand sich immer jemand bereit, der ihm hineinhalf, versuchte ich mich zu beruhigen.

Und als ich Rudi hineinzuschieben gedachte, um dann wieder in die Nacht hinaus zu entkommen, die mir immer noch weniger unwirtlich erschien als die Szene, in der ich mich gefangen fühlte, hob Rudi seinen regennassen Kopf. Die aschblonden Strähnen hingen über seine Stirn. Und mit flehenden Augen fragte er mich kleinlaut, ob ich nicht noch kurz mit ihm nach oben kommen wolle.

Erst jetzt nahm ich wahr, dass auch ich völlig durchnässt war. Auch *meine* Haare hingen wie klebrige Schuhbänder in und um meinen Nacken. Wasser tropfte in meinen Hemdkragen. Und plötzlich stand gar keine Entscheidung für mich an.

Die Bitte in seinem Gesicht war unabweisbar.

Es war selbstverständlich für mich, Rudi Winter in seine Wohnung zu begleiten.

Mehr noch: Eine mir bisher verborgene Vorsehung schien mich unausweichlich und zwingend an diesen Menschen zu ketten. Als wäre ich immer schon dazu auserkoren, ihn durchs Leben zu schieben. Und ich erschrak nicht einmal darüber.

„Fünfter," erinnerte mich Rudi nochmal.

Der altersschwache Aufzug gab bei jedem Stockwerk ein bedrohliches Ächzen von sich und ruckelte mit Schneckengeschwindigkeit bis zum obersten Stockwerk.

Schweigend ließen wir die Minuten in der von Spiegeln umgrenzten Kabine vergehen. Es war mir egal, wie lange der Aufzug brauchte.

Es erwartete mich nichts, worauf ich mich freuen würde.

Erst als ich die Tür aufsperrte, auf Rudis Hinweis den dahinterliegenden Schalter anknipste, den Rollstuhl hinter mir nachzog und eine nackte Glühbirne ihr fädiges Licht über uns und das stuhllose Apartment zerstreute, wurde mir bewusst, dass ich noch niemals die Wohnung eines alleinlebenden Rollstuhlfahrers betreten hatte. Und auch noch nie versucht hatte, mir eine solche vorzustellen.

Es gab ein pritschenartiges Bett auf Höhe der Sitzfläche seines Rollstuhls. Einen niedrigen Sperrmülltisch, von dem gelblicher Lack abblätterte. Essensreste lagen auf ineinander gestellten Tellern und Dosen und Einmalgeschirr aus weißem Plastik. Auf dem Boden lagen achtlos hingeworfene Kleidungsstücke. Eingerahmt von schmutzigweißen Wänden. Kein Schrank, kein Regal. Keine Bilder.

Und wie ich so dastand, dieses Bild der Verwahrlosung in mich aufnahm und vergeblich nach einem auch noch so winzigen Hauch von Behaglichkeit Ausschau hielt, musterte mich Rudi Winter mit freundlich offenen Augen.

Und lachte.

Ich weiß nicht, ob ihn das Mitleid oder das Entsetzen, das er in meinen Augen sah zum Lachen brachte. Oder ob er einfach lachte, weil er froh war, in diesem Augenblick nicht allein zu sein.

Während er nahe an sein Bett heranrollte, sich mit seiner intakten Hand hochhievte und unter dem Kopfkissen ein knallbuntes Nachthemd hervorangelte, lachte er immer noch. Und sagte:

„Das ist meine Welt."

Ich starrte ihn fassungslos an. War vollkommen verunsichert und fragte ihn, ob ich ihm nicht irgendwie helfen könne. Was er wohl noch amüsanter fand. Denn er prustete lauthals los. Ließ sich wieder in seinen Rollstuhl plumpsen. Und rollte kichernd auf eine sperrholzartige Schiebetür zu, hinter der ich das Bad vermutete.

Er schob die Tür beiseite. Warf noch einen ermutigenden Blick in meine Richtung. Und schob die Tür wieder hinter sich zu.

Während ich seinem Plätschern und dem Geräusch fließenden Wassers lauschte, wartete ich hoffnungsvoll darauf, dass die Kulissen beiseitegeschoben würden. Der

Vorhang sich lüftete. Die Bühne nun wieder die Welt freigäbe, die mir vertraut war. In der ich mich, recht und schlecht, zurechtzufinden gelernt hatte. Und die ich für die wirkliche hielt.

Doch es geschah nichts dergleichen.

Stattdessen stieg Empörung in mir hoch. Empörung über eine Welt, in der ein Mensch sein Leben in einer Räderkiste verbringen musste, und dieses schäbige Loch hier 'seine Welt' nannte.

Nach und nach löste ich mich aus meiner Versteinerung. Mein Blick fiel auf einen an die Wand gepinnten Zettel. Direkt neben Rudis Bett.

Ich näherte mich dem abgegriffenen Blatt, mehr aus Verlegenheit als aus Neugier.

Und fuhr erschrocken zurück.

In krakliger Schrift stand dort ‚Warum man den Bäcker grüßen sollte‘.

Diese kleine Geschichte, die ich in einem selbst zusammengehefteten Band von Minimalgeschichten vor Jahren an Freunde verschenkt habe.

Wie war ausgerechnet diese Geschichte in dieses Appartement gekommen?

Doch noch ehe ich weiter darüber nachgrübeln konnte, schob sich die Tür wieder auf. Und Rudi Winter rollte auf sein Bett zu.

Als er mich über meine Geschichte gebeugt sah, grunzte er:

„Genial, findest du nicht auch?“

Ich sah ihm zu, wie er sich in sein Nachthemd hineinarbeitete.

Müdigkeit und Schwere schienen von ihm abgefallen zu sein.

Er sah so fröhlich und unternehmungslustig aus, dass ich mich irritiert von ihm abwandte.

Unsere Rollen waren seltsam verdreht.

Er strahlte mich an. Als wollte *er mir* Mut machen. Mut wozu? Mut zu ertragen, was für ihn selbstverständlich war?

„Das ist meine Lieblingsgeschichte," sagte er aufgeräumt, während ich betreten um ihn herumschaute, „ich habe sie bestimmt schon hundertmal gelesen. Und je öfter ich sie lese, desto besser gefällt sie mir. Sie ist so lustig, obwohl sie traurig ist."

Ich fühlte mich elend und schuldig. Suchte nach einer Erklärung, die mich aus meiner peinlichen Lage befreite. Und schämte mich auch dafür.

„Wie kommt diese Geschichte denn hierher? Ich meine, von wem hast du sie?" erkundigte ich mich vorsichtig.

Er zog die Schultern hoch.

„Ist das so wichtig? Gefällt sie dir denn nicht? Der sie geschrieben hat, muss jemand von uns sein. Jemand, der so traurig war, dass er sich selbst zum Lachen bringen wollte."

Ich hätte jetzt gerne zu Boden geschaut. Aber Rudi fixierte mich mit Augen, die nicht zulassen wollten, dass ich seine Begeisterung nicht teilte.

Er drängelte sich dann an mir vorbei und wälzte sich aus seinem Rollstuhl wieder auf sein Bett.

„Was meinst du mit jemand von uns?" fragte ich.

„Na jemand von uns eben. Von uns Rollis. Er oder sie hat unser Rollerdasein auf einen Punkt gebracht."

„Aha," sagte ich und konnte nun seinem Blick nicht mehr standhalten.

„Was ist mit dir los?" fragte Rudi besorgt, „du wirkst irgendwie fiebrig. Du wirst dich doch nicht bei den paar Metern Schiebedienst schon erkältet haben?"

„Erkältet? Wieso erkältet? Ich weiß nicht," stammelte ich.

Ich kam mir vor wie eine Maus in einer kleinen Schachtel, die nur einen Ausgang hat. Vor dem schon die Katze wartet.

Überall hätte ich meine Geschichte gerne an eine Wand gepinnt gesehen.

Aber nicht hier. Bei Rudi Winter, der sie für genial hielt. Und sie einer oder einem der seinen zuschrieb.

Ich wünschte mich auf dem schnellsten Weg hinaus aus diesem Appartement. Aber es gab niemanden, der meinen Wunsch erfüllte. Und meine Beine hingen wie abgestorben an mir. Und gehorchten mir nicht.

Ich schämte mich für die Sätze auf diesem Zettel, der an dieser Wand hing. Bei Rudi Winter, einem Rollstuhlfahrer. Noch mehr schämte ich mich, dass er sie in diesem Maße lobte. Gleichzeitig spürte ich ein wenig Stolz über sein Lob. Und auch dafür schämte ich mich. Und dass ich keiner von ihnen, kein Rolli war. Dafür schämte ich mich am allermeisten.

Ich fühlte mich schuldig. Ich hatte die Rollstuhlfahrerwelt verraten. Und ich weiß nicht, warum ich ihn trotzdem darüber aufklärte, dass diese kleine Geschichte nicht von einem Rolli stammte. Sondern von mir. Und dass es mir leidtue. Sehr leid.

Rudi setzte sich in seinem Bett auf. Sein Oberkörper straffte sich. Er sah mich argwöhnisch an.

„Du?"

Ich nickte. Und sah an ihm vorbei.

„Du hast die Geschichte geschrieben? Das glaube ich jetzt nicht!"

Er riss den Zettel von der Wand und klopfte mit seiner verkrüppelten Hand darauf.

„Du warst das?" fragte er noch einmal.

Seine Stimme klang so freudig überrascht, dass ich meinen Blick wieder hob und in strahlende Augen schaute.

Kein Zweifel, Rudi freute sich, den Autor seiner Lieblingsgeschichte vor sich zu haben. Dass er keiner von ihnen war, schien ihn nicht weiter zu bekümmern. Es schien sogar, als freute er sich vor allem darüber, dass ich es war, der diese Geschichte, wie er meinte, 'für ihn und seinesgleichen' geschrieben habe. Und dass er es in dieser Nacht von mir persönlich erfahren durfte.

Ich blieb fast die ganze Nacht beim 'Roller-Rudi', wie wir ihn nannten. In seinem Kühlschrank fanden sich noch einige Dosen Bier, die wir gemeinsam tranken.
Wir sprachen nicht mehr über meine Geschichte.
Wir redeten auch sonst nichts mehr.
Doch in dieser Nacht vereinte uns etwas, das wir, glaube ich, beide spürten, aber nicht zu benennen wussten. Etwas, das jenseits dessen lag, was man mit Worten hätte sagen können.

Ich habe Rudi Winter noch viele Male im Lokal wieder-getroffen. Er hat mich, wie auch schon zuvor, oft genervt. In Rage gebracht. Und, wie zuvor, hatten wir auch unsere guten Minuten miteinander.
In ‚seiner Welt', wie er sein Appartement nannte, war ich nie wieder.
Wir sprachen auch nicht mehr über meine Geschichte.
Das Unsagbare blieb ungesagt.
Irgendwann kam Rudi Winter nicht mehr in mein Lo-kal. Ich nahm es erst nach einer Weile wahr, dass er weg-blieb.
Er fehlte mir nicht.

Das alles liegt nun viele Jahre zurück.
Ich habe mein Lokal schon vor einiger Zeit an meine Mitarbeiter weitergegeben.
Rudi Winter habe ich nicht mehr wiedergesehen. Nichts mehr von ihm gehört. Und nicht nach ihm gefragt. Da er damals schon auf seine Art alterslos war, weiß ich nicht, wie alt er jetzt wohl sein mag. Und ob er überhaupt noch lebt. Aber die Szene in seinem kleinen Appartement in je-ner trübsinnigen Novembernacht ist immer noch in mir lebendig.

Ich sehe ihn mit seiner verkrüppelten Hand auf den Zettel mit meinen geschriebenen Zeilen klopfen. Spüre seine Begeisterung. Und meine Scham.

Und bis heute habe ich nicht verstanden, wie diese kleine Geschichte so viel Bewunderung und echte Freude in Rudi Winter auslösen konnte.

In jener unwirtlichen Novembernacht habe ich zum ersten Mal gespürt, dass man nicht alles verstehen muss. Und dass das, was uns am meisten bewegt, Augenblicke tiefen Leids und großer Freude, sich ohnehin nicht im Verstehen offenbart.

Teil 3

Immer diese Baustellen

Donnern der Kompressoren. Dröhnen der Lastwägen. Ein junger Mann steht neben einer Betonmischmaschine. Ein Mädchen taucht hinter einem Kran auf. Er sah sie schon von weitem kommen. Er steckt sich eine Zigarette an. Er hustet.

„Immer diese Baustellen!" sagt er in den Lärm hinein.

Sie lächelt verlegen.

„Ja, ja," sagt sie, „es ist schrecklich laut hier."

Er zieht an seiner Zigarette.

„Schauen Sie," ruft er, um sie am Gehen zu hindern, „sehen Sie diesen Mann dort? Der mit dem großen Presslufthammer!"

Sie nickt.

„Und das Tag um Tag," sagt er.

„Jeden Tag?" fragt sie.

„Außer Samstag und Sonntag."

„Fünf Tage in der Woche diesen Lärm? Warum bauen sie keine Dämpfer ein?"

„Zu teuer," sagt er, „aber Menschen halten viel aus."

Sie schüttelt den Kopf.

„Ich könnte es nicht aushalten. Der Mann tut mir leid."

Er probiert ein Lächeln.

„Sie fühlen mit diesem Menschen. Sie sind gut."

„Eigentlich müsste ich gehen," sagt sie.

„Dann also auf Wiedersehen," sagt er und wirft seine Zigarette weg.

„Auf Wiedersehen!" sagt sie, zögert und fragt dann: „Arbeiten Sie hier?"

Er schüttelt den Kopf. Und sagt rasch:

„Ich finde, Sie haben viel Verständnis für andere Menschen."

„Mir tut dieser Mann leid. Das ist alles."

„Sie sind eben gut."

„Wieso? Ich bin wie jede andere."

Sie ist nicht wie jede andere. Denkt er.

„Wie viele Menschen gehen hier wohl vorbei?" fragt er.

„Bestimmt sehr viele. Warum interessiert Sie das?"

„Niemand fühlt mit diesem Mann."

„Wie wollen Sie das wissen," sagt sie, „und warum auch? Jeder hat seine Sorgen."

„Und Sie?" fragt er, „haben Sie keine Sorgen?"

Sie schweigt.

„Sehen Sie! Das ist es, was ich meine. Sie sind gut."

„Ach was, das sagen Sie nur so."

„Was sagen Sie?" ruft er gegen das Knattern der Presslufthämmer an, deutet mit den Zeigefingern auf seine Ohren. Zündet sich eine neue Zigarette an. Und bläst den Rauch gegen den aufwirbelnden Staub, „gehen wir doch ein paar Schritte weiter! Hier versteht man ja nicht einmal sein eigenes Wort."

„Vielleicht können wir uns ja mal woanders wiedersehen," lacht sie zu ihm hinüber.

„Wie bitte?" unterbricht er sie.

Hat sie Wiedersehen gesagt?

„Ich kann sie nicht verstehen," ruft er.

„Ach nichts," winkt sie ab.

„Wollen wir nicht ein Stück weitergehen? Gleich um die Ecke gibt es ein kleines Café."

Sie hebt die Schultern. Streckt ihr Kinn vor. Und hält die Handflächen an ihre Ohren.

„Gut dann eben nicht," brummt er und wirft die halbgerauchte Zigarette neben die Betonmischmaschine.

„Also dann, auf Wiedersehen!" schreit er gegen die Kompressoren an. Wendet sich ab. Und geht weiter.

Sie bleibt mit erhobenen Händen stehen. Und schaut ihm noch lange nach.

Der Würgeaufzug

Ein Mann betritt ein Bürogebäude. Er verlässt die gläserne Drehtür. Durchquert mit ausladenden Schritten die Eingangshalle. Als er sich der offenstehenden Aufzugstür nähert, nimmt er seinen Hut ab. Denn der Mann ist groß und die Aufzugstüre niedrig.

Unschlüssig steht er in der leicht federnden Kabine. Puhlt ein Etui aus seiner Anzugsjacke. Öffnet es. Nimmt eine Brille heraus. Setzt sie auf. Und liest die neben den Druckknöpfen angebrachten Messingschildchen.

Er zögert. Kratzt sich am Kopf.

Zieht dann einen zusammengefalteten Zettel aus seiner Hosentasche. Streicht ihn glatt. Wirft einen Blick darauf. Und steckt seine Brille in das Etui zurück.

Just in diesem Moment setzt sich der Aufzug wieder in Bewegung. Was der Mann durch ein leichtes Einsacken in den Kniekehlen wahrnimmt.

Bevor er sein Ziel erreicht, macht der Aufzug einen sanften Ruck. Gleitet dann noch wenige Zentimeter in abgebremster Geschwindigkeit weiter. Bis der Boden der Kabine exakt das Niveau des Stockwerkbodens erreicht hat.

Der Mann überlegt, in welchem Stockwerk er sich wohl jetzt befinde?

Es gibt keine Leuchthinweise für die jeweils erreichten Stockwerke. Der Mann weiß lediglich, dass der Aufzug neun Stockwerke miteinander verbindet.

Um zu erraten, in welchem Stockwerk er angelangt ist, müsse er die Geschwindigkeit berücksichtigen, meint der Mann. Und wie er die Geschwindigkeit wahrnehme.

Rumpelnde und polternde Aufzüge gaukeln einem oft höhere Geschwindigkeiten vor. Während leise dahin sirrende ihr Ziel erreichen, als hätten sie sich gar nicht von der Stelle bewegt.

Auch die Sanftheit des Ruckes beim Anfahren und Anhalten kann einen falschen Eindruck über die Fahrgeschwindigkeit der Kabine vortäuschen.

Der Mann verfällt ins Grübeln.

Seine Erfahrungen im Fahren mit Aufzügen sind gering. Er erinnert sich jetzt an eine Liftfahrt auf einen Turm in Wien. War das der Stefansdom? Haben Kirchen überhaupt Aufzüge?

Daran erinnert sich der Mann nicht mehr.

Besagter Lift musste jedoch eine große Strecke zurückgelegt haben, denn die Aussicht, die ihn seinerzeit oben erwartete, war beeindruckend.

Dennoch schien ihm die Fahrt deutlich kürzer als die mit dem Rappelaufzug im nur dreistöckigen Haus seiner Schwester.

Die Lifttür schiebt sich auf.

Ein zweiter Mann betritt grußlos die Kabine.

Auch er studiert nun die den kleinen Druckknöpfen zugeordneten Schildchen.

Doch ehe er eine Entscheidung getroffen hat, setzt sich der Aufzug schon wieder in Bewegung.

Der Erstzugestiegene scheint den neuen Kabinengast nicht zu bemerken.

Ein weiteres Problem hat sich seiner bemächtigt.

So sehr er sich auch bemüht, es gelingt ihm nicht einmal die Richtung der Aufzugsfahrt zu erspüren.

Er versucht, sich an das leichte Einknicken in seinen Kniekehlen beim letzten Start zu erinnern. Sackte er mehr nach unten, oder wippte er eher nach oben? Ist es bei vertikalen Bewegungen in geschlossenen Kabinen überhaupt möglich, einen Richtungsunterschied festzustellen?

Und darf er seitliche Bewegungen ausschließen?

Was, wenn der Aufzug auf einer der dazwischenliegenden Diagonalen dahinschwebte?

Das sind unsinnige Spekulationen, ermahnt sich der Mann.

Aufzüge bewegen sich weder horizontal noch diagonal. Entschlossen, die Richtung beim nächsten Abbremsen des Aufzugs herauszubekommen, fixiert er die Schuhe des Hinzugekommenen. Den er nun wahrgenommen zu haben scheint. Worauf dieser, den Blick spürend, durch ein unruhiges Trippeln die Kabine in sanfte Schwingungen versetzt.

Als der Aufzug schließlich wieder abbremst und langsam seinem neuen Bestimmungsort entgegen gleitet, ist der Mann zu sehr auf die durch den Trippelnden hervorgerufenen Schwingungen konzentriert, um auf die Richtung zu achten, aus der der Aufzug zum Stillstand kommt.

Er holt nur wieder seine Brille aus dem Etui. Setzt sie auf. Und während er sich Notizen auf der Rückseite seines Zettels macht, hält der Aufzug wieder.

Eine Frau betritt, ebenfalls grußlos, wie das in Aufzügen so üblich ist, die Kabine. Beugt sich über die vertikale Knopfreihe und studiert nun ihrerseits die Metallschildchen.

Der Erstzugestiegene wartet gespannt auf das nächste Anfahren des Aufzugs. Beim Losfahren lässt sich die Richtung am ehesten feststellen. Das war ihm inzwischen klargeworden. Später, wenn die Kabine wieder Fahrt aufgenommen hat, ist das kaum noch möglich.

Doch noch bevor die Frau sich entschließen kann, auf einen der Knöpfe zu drücken, ist der Aufzug bereits wieder angefahren. Und die Kabine trägt alle drei Fahrgäste an ein offenbar erneut von außen befohlenes Ziel.

Die Frau steht über die Täfelchen gebeugt und murmelt vor sich hin. Die Männer halten sich abseits, soweit dies in der engen Kabine möglich ist. Der Erstzugestiegene malt

Richtungspfeile auf seinen Zettel und versieht sie mit Fragezeichen. Der als Zweiter Hinzugekommene trommelt mit seinen Fingerknöcheln ungeduldig gegen die Kabinenwand.

Um sich nicht ansehen zu müssen, verdrehen sie ihre Köpfe in verschiedene Richtungen. Als suchte jeder von ihnen etwas ganz Bestimmtes an der Decke, am Boden oder an den Wänden der engen Kabine.

Und wieder hält der Aufzug.

Die Schiebetür gleitet beiseite.

Ein Mann im Trainingsanzug und eine Frau mit Einkaufstasche gesellen sich zu den bereits Eingestiegenen. Drängeln sich an ihnen vorbei. Auch sie krümmen sich über die Schildchen an der Kabinenwand. Ohne sich offenbar zu einem Knopfdruck entschließen zu können.

Der Erstzugestiegene wartet ungeduldig auf das Losfahren des Aufzugs.

Diesmal, so glaubt er, würde er die Richtung erspüren, in die sich die Kabine bewegte. Ließe er seine Knie entspannt und locker, müsste ihm das gelingen. Kehrt aber dann, da der Aufzug immer noch stillsteht, zu seinen Spekulationen zurück. Und obwohl weiß, dass sich Aufzüge nur in geradlinigen vertikalen Richtungen auf- oder abwärtsbewegen, nimmt er nun auch Kreisbewegungen und Ellipsen mit in seine Spekulationen hinein.

Und während er sich über die Kluft amüsiert, die sich zwischen dem, was er weiß und dem, was er denkt, auftut, flattert sein Berechnungszettel unbemerkt in die Einkaufstasche der zuletzt Hinzugestiegenen.

Und der Aufzug fährt neuerlich los.

Dem Erstzugestiegenen ist es wieder nicht gelungen die Fahrtrichtung festzustellen. Und er stellt jetzt seine Spekulationen ein.

Im Bemühen, einander nicht anzurempeln und sich nicht gegenseitig oder auf die eigenen Füße zu treten trippeln alle Fahrgäste in der Aufzugskabine vor sich hin.

Und der Aufzug hält ein weiteres Mal.

Jetzt drängeln sich zwei junge Frauen mit Regenschirmen in die nunmehr überfüllte Kabine.

Aber auch diesmal steigt niemand aus.

Zu jeder vollen Stunde wird die Aufzugskabine geleert.

Das Tal der tausend Fliegen

1.

In der Toskana, und das wissen nur wenige Reisende, gibt es ein Tal, mit dem Namen ,*Valle delle mille Mosche*', ,Tal der tausend Fliegen'.
Es liegt zwischen den Berghängen des Casentino und des Pratomagno. Und es führen weder Straßen noch Zuglinien dorthin. Der schon mehrmals angedachte Bau eines kleinen Flughafens scheiterte bislang an den sehr dicht schwirrenden Fliegenschwärme, die ein Starten und Landen von Flugzeugen unmöglich machen.
Deshalb ist dieses Reiseziel auch noch in keinem der Reisekataloge aufgeführt.
.

2.

„Du," sage ich zu meiner Frau, nachdem ich durch einen Freund von diesem Geheimtipp gehört habe, „wollen wir dieses Jahr mal ins ,Tal der tausend Fliegen' reisen?" Denn ich weiß, von der alljährlichen Toskanareise würde sie sich nicht abbringen lassen.
„Tal der tausend Fliegen?"
Sie schürzt die Lippen.
„Das hört sich irgendwie nicht gut an. Liegt das denn in der Toskana?"
Ich nicke.
„Ach weißt du, warum fahren wir denn nicht auf die Insel Giglio?" fragt sie unwillig. Und mir wird klar, dass es schwer werden wird.
„Da waren wir doch schon die letzten fünf Jahre, Liebling."
Dann eine andere Insel, Giannutri. Oder meinetwegen auch Elba," quengelt sie.

„Auch da waren wir doch schon so oft," seufze ich resigniert, „wollen wir nicht mal was anderes versuchen?"

Sie zählt noch weitere toskanische Orte auf, die wir schon unzählige Male besucht haben. Und ich bin überrascht, als sie plötzlich innehält. Und schweigend die Küche verlässt.

Als sie zurückkommt grinst sie.

„Weißt du was? Du hast recht. Mal was anderes! Warum auch nicht?" sagt sie, „also ab ins 'Tal der tausend Fliegen'!"

Und sie packt triumphierend einen Karton Fliegenspray in den Kofferraum unseres Wagens.

Ich schüttele den Kopf.

„Es führt keine Straße dorthin, nicht einmal ein Weg."

„Okay, dann fahren wir mit dem Zug," sagt sie aufgeräumt, nimmt den Karton wieder aus dem Kofferraum und verteilt die Spraydosen zwischen den Kleidungsstücken in unseren Koffern.

„Es fährt auch kein Zug dorthin."

Sie hält einen Augenblick inne. Mustert mich nachdenklich.

„Na gut, dann fliegen wir eben," sagt sie unbeirrt und zieht den Reißverschluss unserer Reisekoffer zu.

„Tut mir leid, meine Liebe, auch kein Flughafen. Man kommt nur zu Fuß oder mit Mauleseln dorthin."

„Oh!" ruft meine Frau jetzt erfreut, „warum sagst du das denn nicht gleich, Liebling. Das ist ja wunderbar."

3.

Seitdem reisen meine Frau und ich nur noch ins ‚Tal der tausend Fliegen'.

Inzwischen hat der Tourismus auch dort Fuß gefasst. Es führt eine mehrspurige Straße in die sich immer mehr ausbreitende Stadt. Und dank eines von meiner Frau angeregten Baus einer Sprayfabrik, gibt es inzwischen auch einen Flughafen.

Wir verlassen den Jumbo urlaubsgestimmt. Mieten uns, wie schon in den Vorjahren, in der Pension *La Mosca Morta*', ,Zur toten Fliege" ein. In der Nähe der Sprayfabrik. Die meiner Frau alljährlich eine beachtliche Dividende abwirft.

Wir trinken unseren Cappuccino mit mehr Genuss als in den Vorjahren. Denn wir fangen an, den eigenartigen Geruch der Stadt liebzugewinnen.

„Erinnerst du Dich noch, wie wir uns mit den Mauleseln über Berge quälten?" sage ich lachend, während wir über die Hochhäuser hinweg auf die Bergkämme schauen, „das kann man sich heute nicht mehr vorstellen, nicht wahr?"

„Ja," bestätigt meine Frau träumerisch, wirft einen Blick auf meine Tasse ruft: „aber schau doch mal, Liebling! Da, in deinem Kaffee! Eine tote Fliege!"

„Tatsächlich. Eine tote Fliege," prusten wir beide los. Lachen noch lange darüber. Fotografieren die Tasse aus verschiedenen Blickwinkeln. Und erzählen es zu Hause unseren Freunden immer wieder gerne.

Beim Therapeuten

Versuchen Sie sich mal vorzustellen, wie Ihr Zimmer zu Hause aussieht!

Okay, ich versuch's.

Sie müssen die Augen schließen! Was sehen Sie?

Mein Zimmer eben.

Was sehen Sie genau?

Ich sehe meinen Schreibtisch.

Was noch?

Nur meinen Schreibtisch.

Aber in Ihrem Zimmer steht vermutlich noch mehr als ein Schreibtisch?

Wieso? Mir reicht einer.

Ich meine: Konzentrieren Sie sich auf andere Gegenstände in Ihrem Zimmer!

Ich sehe mein Fenster.

Das ist nicht gerade ein Gegenstand in Ihrem Zimmer. Aber gut, welches Fenster?

Mein Gott, muss man denn von allem zwei oder mehr haben?"

Es gibt nur ein Fenster in meinem Zimmer.

Ich verstehe.

Warum bitte dieser bedauernde Tonfall? Man bekommt ja richtig Gewissensbisse, dass man nur ein Fenster im Zimmer hat und nur einen Schreibtisch.

Gut. Lassen wir das! Machen Sie Ihre Augen wieder zu! Was sehen Sie noch?

Nichts.

Ich verstehe. Sie finden nicht, dass Ihr Zimmer ziemlich leer ist?

Nein. Warum?

Gut. Sie sehen also einen Schreibtisch. Und Sie sehen ein Fenster?

Ja. Und es ist grau und trist im Zimmer.

Grau und trist? Sie sind nicht gern dort?

Wieso?

Gut. Welche Farben haben die Wände?

Die Wände sind auch grau, ebenso die Tür. Das Zimmer geht nach Norden. Es kommt wenig Licht hinein. Warten Sie! Vor dem Schreibtisch steht ein alter Lederstuhl von ‚Thonet'. Wahrscheinlich eine Imitation. Die Sitzfläche ist leicht eingeritzt....

Aha, ein Lederstuhl von ‚Thonet'. Wie kommen Sie darauf, dass er eine Imitation sein müsse?

Originale passen irgendwie nicht zu mir.

Interessant. Weiter! Wie sieht Ihr Schreibtisch aus? Sehen Sie ihn deutlich?

Naja, Was heißt schon deutlich? Aber ich sehe, dass er auf einem alten Berberteppich steht.

Berberteppich? Wollten Sie nicht von Ihrem Schreibtisch sprechen!

Tu ich doch. Er steht auf einem ziemlich vergammelten Berberteppich. Und es sind Rotweinflecken auf dem Teppich, gleich rechts neben dem Schreibtisch, und - nein, das ist jetzt wirklich seltsam.

Was ist seltsam? Was sehen Sie noch?

Warten Sie! Die Tür geht plötzlich auf.

Welche Tür? Die graue?

Ja, ja, die graue! Welche denn sonst? Stellen Sie sich vor: ich habe auch nur eine Tür in meinem Zimmer! Sie verwirren mich mit Ihrem Vielfältigkeitsanspruch!

Ich verstehe. Was sehen Sie jetzt?

Ich sehe Sie.

Sie müssen die Augen wieder schließen! Gehen Sie in Gedanken in Ihr Zimmer zurück! Die Tür hat sich gerade geöffnet. Was sehen Sie?

Da kommt jemand zur Tür herein. Das bin ja ich! Ja, ich bin es selbst, der in mein Zimmer kommt. Warten Sie! Ich gehe zögernd zum Schreibtisch. Schiebe das Telefon seitwärts. Wähle eine Nummer....

Das Telefon? Sie hatten nichts von einem Telefon erwähnt.

Tatsächlich? Nun, jeder Mensch hat doch heute ein Telefon auf seinem Schreibtisch – Sie doch auch! Und ich sag's gleich vorweg: ich hab auch nur einen Telefonapparat in meinem Zimmer!

Farbe vermutlich grau?

Stimmt! Woher wissen Sie das?

Ach, ich hab einfach eine beliebige Farbe herausgegriffen. Erzählen Sie weiter! Sie waren gerade dabei zu beobachten, wie Sie eine Nummer wählen.

Ich hocke mich auf die Schreibtischkante, schiebe das Telefon rechts neben meinen Oberschenkel...

Ja. Das sagten Sie bereits.

Wie? Was sagte ich bereits?

Dass Sie Ihren Telefonapparat seitwärts schieben.

Auch, dass ich mich auf die Schreibtischkante setze?

Nein, aber das Bild ist mir von den amerikanischen Fernsehserienkrimis bekannt.

Was wollen Sie damit sagen? Wollen Sie nun hören, was weiter passiert oder haben Sie das auch schon im Fernsehen gesehen?

Ja. Ich meine nein. Natürlich. Machen Sie weiter!

Jetzt haben Sie mich rausgebracht. Ich habe das Bild verloren.

Sie wählten eine Nummer, auf der Schreibtischkante hockend, das Telefon seitwärts...

Sie veräppeln mich doch nicht etwa?

Wo denken Sie hin! Machen Sie weiter! Jetzt wird es richtig spannend.

Ich wähle also eine Nummer. Eine Eins. Warten Sie! Dann eine Drei, eine Neun, eine – warten Sie! Das ist ja meine eigene Nummer. Ich wähle meine eigene Telefonnummer. Merkwürdig...

Ihre eigene Telefonnummer? Das ist, in der Tat, interessant! Sind Sie sicher?

Absolut sicher! Ich werde doch meine eigene Telefonnummer kennen. Warten Sie! Jetzt lege ich wieder auf.

War denn kein Besetztzeichen zu hören? Sie haben doch auf Ihrem eigenen Apparat Ihre eigene Nummer angerufen.

Ja. Schon. Aber ich sehe nur Bilder. Geräusche kann man nicht sehen.

Ich verstehe. Was ist los? Warum schauen Sie plötzlich auf die Straße?

Auf die Straße? Welche Straße? Ich schaue auf keine Straße. Doch, Sie haben recht! Jetzt sehe ich es auch. Ich schaue tatsächlich auf die Straße. Ich sehe - wollen Sie das wirklich wissen, was ich dort sehe?

Tatsachen

Wie schon öfter, bewegt sich auch heute Abend eine Tatsache auf mich zu. Ich fürchte mich vor Tatsachen. Gehe ihnen, wenn irgend möglich, aus dem Weg. Das ist lächerlich. Ich weiß. Tatsachen kann man nicht aus dem Weg gehen. Tatsachen holen einen immer ein. Ob man sich ihnen nun stellt. Ihnen den Rücken kehrt. Oder gar vor ihnen davonzulaufen versucht. Egal was man tut und wohin man sich wendet. Sie bauen sich vor einem auf. Starren einen an. Sind einfach da.

Auch die Tatsache, die sich mir heute Abend in den Weg stellt, starrt mich an. Bewegt sich dann einmal um mich herum. Schielt aus verschiedenen Winkeln zu mir herüber. Und verschwindet.

Ich schaue misstrauisch in die Richtung, in der sie verschwunden ist. Ich weiß ja, Tatsachen verschwinden nicht. Auch wenn es manchmal so aussieht. Es ist ihr Trick, sich an einen heranzuschleichen. So zu tun, als verschwänden sie. Um sich dann abrupt über einen zu werfen. Und nicht mehr loszulassen.

Am besten ist es, sich mit ihnen zu versöhnen, sie in sich einzulagern. Sie zu einem Teil von sich werden zu lassen.

Ach, und da kommt schon die nächste Tatsache auf mich zu. Dahinter gleich die nächste. Und weiter hinten noch eine.

Vielleicht komme ich ihnen ja zuvor, wenn ich so tue, als sei das, was noch auf mich zukommt, schon gewesen. Denke ich. Und grinse ihnen entgegen.

Die Geschichte vom davonlaufenden Abend

Einmal hat mir einer einen Abend geschenkt, und ich habe mich sehr darüber gefreut. Es war noch früh am Nachmittag, und so hatte ich viel Zeit, mich auf den Abend vorzubereiten. Mit so einem Abend kann man viel tun, dachte ich. Und fing an zu überlegen.

Mir fiel dies und jenes ein, wobei ich jenes für besser hielt als dieses. Grübelte darüber nach. Hielt plötzlich dieses doch für besser als jenes. Und fing zu zweifeln an. Vielleicht sollte ich mich nicht zwischen diesem und jenem entscheiden. Sollte beides tun.

Doch dann fiel mir noch mehr ein, was man tun könnte.

Ich überlegte weiter. Und je mehr mir einfiel, was ich mit dem geschenkten Abend machen könnte, desto schneller ging der Nachmittag zu Ende.

Vielleicht sollte ich diesen geschenkten Abend gar nicht verplanen, dachte ich, kurz bevor es Abend wurde. Ich sollte ihn spontan erleben. Ihn auf mich zukommen lassen.

Und schon war es Abend.

Es ging mir nicht gut an dem Abend, den mir einer geschenkt hatte. Und ich konnte nicht spontan sein. Ich habe weder dieses noch jenes an diesem Abend gemacht.

Es liegt daran, dass die Nachmittage in die Abende hineinschwimmen, sagte ich mir und hoffte, mir würde wiedermal ein Abend geschenkt werden. Denn jetzt wusste ich, woran es lag.

Mir wurden noch viele Abende geschenkt, ohne dass ich spontan sein konnte. Und ich tat weder dieses noch jenes. Die Nachmittage schwammen immer wieder in die Abende hinein. Und ich wusste immer wieder woran es lag.

Dann schenkte mir keiner mehr Abende.

Teil 4

Die alte Kagereit
(aus: „Heimat")

Für meine Omi bin ich ein Königskind. Sie weiß natürlich, dass mein Vater nur Gutsverwalter und kein König ist. Aber das kümmert sie nicht. Mein Vater ist ihr so egal, wie sie ihm ist. Immer wieder erzählt sie mir, wie ich an jenem folgenschweren Sonntag tot auf die Welt gekommen sei. Und sie es war, die mich mit beherzten Klapsen auf den Po ins Leben gerufen hat. Während mein Vater von all dem nichts begriffen und nur belämmert dreingeschaut habe.

„Vergiss nie, du bist ein Sonntagskind!" sagt sie und lässt mich an ihrer Kaffeetasse nippen.

Bei meiner Omi darf ich all das, was ich in Lapping nicht darf. Und sie nimmt mich überallhin mit.

Ihr Stübchen ist das Paradies für mich. Auch wenn ich mir das Paradies etwas größer vorgestellt habe. Es gibt weder eine Küche, noch ein Bad. Sie holt Wasser aus einer Flügelhandpumpe, die auf dem Hof steht. Wäscht sich in einer emaillierten Schüssel. Muss sie mal aufs Klo, zieht sie einen Eimer unter der Spüle hervor. Legt einen Wäschestock darüber. Und sagt:

„Sieh wech, mein Junge!"

Aber ich blinzele zwischen den Fingern durch. Sehe wie sie ihren Kittel hochhebt. Und sich über den Wäschestock setzt. Dabei redet sie laut auf mich ein. Damit ich das Platschen nicht höre. Ich höre es trotzdem. Und ich rieche, wie sich der Inhalt des Eimers mit dem Kaffeeduft und dem scharfen Geruch ihres kleinen Spirituskochers mischt. Hinterher trägt sie den Eimer nach unten. Ich habe nie herausgefunden, wo sie den Inhalt hinschüttet.

Es gibt auch ein altes Radio in Omis Zimmer. Man kann es jedoch nur am frühen Morgen hören. Bevor die Kreissägen anfangen. Denn durch das einzige Fenster ihres Zimmers sieht man direkt in die Schreinerei, die unterhalb liegt. Dort wird schon ab sieben Uhr früh gesägt und gehämmert. Das Piepen des Zeitzeichens ist das letzte, was man aus Omis Radio vernehmen kann. Dann heult die Säge los. Ich darf noch einmal an ihrer Kaffeetasse nippen. Dann gehen wir zusammen einkaufen.

Auch meine Mutter nimmt mich zum Einkaufen mit. 'Kolonialwarenhandlung' stand angeblich mal in rostigen Eisenbuchstaben über der Ladentür. Inzwischen sind immer mehr Buchstaben heruntergefallen. Und man kann nur noch ‚onialwa..nhand....' lesen. Aber das macht nichts. Meine Mutter weiß ja, wo der Krämerladen ist.

Als ich meine Mutter frage, was denn ein Kolonialwaren sei, bettet sie meinen Kopf in ihre Achselhöhle und seufzt. Das seien Waren, die von weit herkämen, sagt sie nur. Und ich spüre, dass sie mir nicht alles sagt, was sie darüber weiß.

Das ist ein ganz anderes Einkaufen mit meiner Mutter, als das mit meiner Omi in Holzing.

Meine Mutter schlüpft mit gebeugtem Rücken und gesenktem Kopf durch die klingelnde Ladentür. Sieht unterwürfig zur Krämerin hoch. Die sich mit angewinkelten Armen vor ihr aufbaut. Und sie fragend mustert.

Meine Omi betritt den Krämerladen von Holzing wie eine Königin. Und ich bin sehr stolz auf sie, wenn sie mit gewichtiger Stimme dieses und jenes bestellt. Ist irgendetwas nicht vorrätig, streckt sie ihren dünnen Hals in die Länge. Schaut auf den Krämer herunter. Lässt ihren Blick über die kärglich bestückten Regale wandern. Um ihm anzudeuten, dass er sie nicht angemessen auffüllt. Und schimpft auf ihn ein. Bis der Krämer in sich zusammenschrumpft.

Meine Mutter dagegen kramt nach jedem Einkauf in ihrem Geldbeutel herum. Bis sie einen zerknüllten Schein herausgepuhlt und ein paar zusätzliche Münzen auf dem Ladentisch abgezählt hat. Schiebt sich, mich und ihre kümmerlich gefüllte Einkaufstasche so geduckt, wie sie hereingekommen ist, wieder durch die Ladentür ins Freie. Als schäme sie sich, den Krämerladen überhaupt betreten zu haben. Und geht eilig auf unseren Hof zu.

Meine Omi zahlt nie. Obwohl sie stets mit randvoller Tasche aus dem Laden schreitet. Es kommt vor, dass der Krämer versucht, sie vorsichtig daran zu erinnern, dass sie nun schon seit Jahren bei ihm anschreibe.

Nicht, dass er ihr misstraue! Sagt er. Und wirft die Hände nach oben. Gott bewahre! Er wisse, sie sei eine Dame. Er meine ja nur. Ob sie nicht vielleicht doch wenigstens einen kleinen Teil…nun, er habe durchaus Verständnis für ihre Lage… Aber schließlich müsse er all die Waren erst beschaffen, die sie, Frau Kagereit, freundlicherweise bei ihm kauft. Worauf er stolz und wofür er dankbar sei….

Weiter kommt der Krämer nicht.

Meine Omi funkelt ihn mit zornigen Augen an. Klatscht mit beiden Händen auf den abgewetzten Ladentisch und donnert:

„Jaaah, was erlauuben Sie sich? Glauuben Sie denn, ich wolle sie betrüügen? Ich habe bei Graaafen und Füüürsten gekooocht, bevor mich der Krieg in dieses trooostlose Kaff verschlagen hat! Ich habe genuug Geld, um ihren ganzen mickrigen Laden zu kaufen! Wenn ich woollte. Sie scheinen vergessen zu haben, wer ich bin!"

Der Krämer hat es nicht vergessen. Er hat es wohl oft genug zu hören bekommen. Er weiß, dass es Frau Kagereit ist, die sich vor ihm aufplustert. Frau Kagereit, die Grafen und Fürsten bekocht hat. Und von der er seit Jahren keinen Pfennig gesehen hat. Er weicht mit eingezogenen Schultern hinter seinen Ladentisch zurück. Verbeugt und entschuldigt sich. Während meine Omi entrüstet und mit fahrigen Bewegungen alles in ihre ausladende Tasche stopft. Und erhobenen Hauptes aus dem Laden rauscht.

Dann bin ich stolz auf meine Omi. Die es dem Krämer gezeigt hat. Wünschte mir, meine Mutter würde es ebenso tun. Und die Krämerin von Lapping daran erinnern, dass sie die Frau Hofer, die Frau vom gräflichen Gutsverwalter Hofer ist. Der den größten Hof von Lapping bewirtschaftet. Auch wenn es nicht sein eigener ist.

.

An ihrem sechzigsten Geburtstag verkündet meine Omi mit ihrer Donnerstimme:

„Du wirst sehen, mein Junge, das ist der letzte Winter, den ich erleben werde."

Von da an sagt sie es jeden Herbst wieder.

Und nachdem mehrere Winter verstrichen sind, und ihre Prophezeiung noch immer nicht eingetreten ist, hängt sie sich mit einem Nylonstrumpf an einen Haken, den ihr der Schreiner, natürlich für andere Zwecke, in die Zimmerdecke gedübelt hat. Der Nylonstrumpf hält ihrem Gewicht nicht stand. Reißt. Meine Omi stürzt über den Stuhl, den sie unter sich weggestoßen hat. Und bricht sich an seiner Lehne ein Schlüsselbein.

Das komme davon, wenn man Nylonstrümpfe von geringer Qualität einkaufe. Kommentiert mein Vater.

Nachdem ihr Schlüsselbein wieder geheilt ist, versucht es meine Omi gleich noch einmal. Diesmal hält der Strumpf. Doch der Haken rutscht aus dem Dübel in der Zimmerdecke. Wieder fällt sie. Diesmal neben den Stuhl. Ohne sich etwas zu brechen. Trägt nur leichte Prellungen davon.

Doch nun schaltet sich die Behörde ein. Mein Vater sagt nur „die alte Kagereit kommt mir nicht ins Haus." Worauf meine Omi ins Irrenhaus von Schlagling eingeliefert wird. Und ich frage den Dr. Vilber beim nächsten Arztbesuch, warum sich in unserer Gegend so viele Frauen aufhängten. Oder aufzuhängen versuchten.

Das komme von den Hormonen, sagt der Dr. Vilber.

Die Hormone geraten bei Frauen in einem bestimmten Alter plötzlich durcheinander. Was dann zu Depressionen führe.

Ich habe keine Ahnung was Hormone und Depressionen sind, aber es scheint wohl was Bedrohliches zu sein, was sich in den Frauen ausbreitet. Ob diese Frauen nun wortlos auf dem Speicher verschwinden, sagt der Dr. Vilber, oder sich in Ermangelung eines solchen, mit Nylonstrümpfen an Zimmerdecken erhängen, sei lediglich eine

Frage der jeweiligen Umstände. Ob sie ihre Vorhaben ankündigten oder gleich munter zur Tat schreiten, sei Charaktersache. Und hänge mehr oder weniger von ihm Temperament ab. Behauptet der Dr. Vilber.

„Das hat er sich fein ausgedacht, der famose Dr. Vilber," sagt mein Vater spöttisch, „diese Hormon- und Depressionsgeschichte passt ihm gut in den Kram. Weil ja auch seine Frau, wie jeder weiß, schon mehrmals versucht hat, ihr Leben an den Haken zu hängen."

Ich kann mir komplizierte und lange Sätze gut merken. Aber ich verstehe weder, was der Dr. Vilber noch was mein Vater sagt. Und frage meine Mutter: „Aber warum ins Irrenhaus?"

„Das sieht das Gesetz so vor, wenn Leute sich umbringen wollen. Und das heißt nicht Irrenhaus, sondern Nervenheilanstalt, mein Junge."

„Ja und? Was ist der Unterschied?"

„Eigentlich keiner," sagt meine Mutter.

Dann kann ich genauso gut Irrenhaus sagen, so wie alle anderen auch, denke ich.

Kurz nach Omis Einweisung ins Irrenhaus von Schlagling steht der Krämer von Holzing bei uns vor der Tür. Und drückt meinem Vater einen Packen Papierbögen in die Hand. Das seien die noch offenen Rechnungen, für all das, was die unglückliche Frau Kagereit im Lauf der Jahre bei ihm erworben, angeschrieben und leider nie bezahlt habe. Und da sie nun wohl nicht mehr in der Lage sei, die offenen Posten zu begleichen, erlaube er sich, diese bei den Hinterbliebenen einzufordern.

Er stellt sich breitbeinig vor meinen Vater hin. Und verbeugt sich.

„Was heißt hier Hinterbliebenen?" raunzt ihn mein Vater an. Worauf der Krämer verlegen zur Seite schaut. Er weiß natürlich, dass meine Omi nicht tot ist. Weiß aber auch, dass sie von dort, wo sie jetzt ist, nicht mehr zurückkommen würde, um ihre Schulden bei ihm zu begleichen. Und er verbeugte sich ein weiteres Mal.

Zum einen habe er mit den Schulden seiner Schwiegermutter nichts zu schaffen, sagt mein Vater. Und wer garantiere ihm, dass die aufgelisteten Summen dem entsprechen, was sie tatsächlich in seinem Laden eingekauft habe.

Nachdem nun nichts mehr überprüfbar ist, sei es doch für den Krämer ein Leichtes, die Rechnungssummen zusammenzuaddieren, fügt meine Mutter hinzu.

Natürlich habe er die hier vorliegenden Summen zusammenaddiert. Wer denn sonst? Entgegnet der Krämer aufgebracht. Aber sie entsprächen eben genau dem, was Frau Kagereit in all den Jahren bei ihm eingekauft und niemals abgegolten habe.

Das sei dann wohl seine eigene Schuld, wenn er den falschen Leuten vertraute. Gibt mein Vater zurück.

Worauf der Krämer erbost erwidert, was das denn für eine Welt sei, in der Gutgläubige und Barmherzige bestraft würden.

Er habe diese Welt nicht geschaffen, knurrt mein Vater. Und der Krämer von Holzing stapft wutentbrannt aus unserer Küche. Während mein Vater ihm, voreilig triumphierend, hinterherschaut. Denn knapp zwei Wochen später drückt ihm der Briefträger ein Anwaltsschreiben in die Hand.

Mein Vater flucht. Meine Mutter wirft einen entschuldigenden Blick zum Kruzifix über der Küchentür.

Omis Schulden müssen sie trotzdem bezahlen.

Die Wut unserer drei Dörfer

(aus: „Heimat")

Lapping ist die größte von drei gottverlassenen nieder-
bayrischen Ortschaften, die sich an eine ausladende Do-
nauschleife schmiegen. Eine schmale Straße durchschnei-
det riesige Weizenfelder, führt westlich nach Wimling und
östlich nach Niederkattlhofen, dem Gemeindesitz der drei
Dörfer.

In unsere drei Dörfer hineinzufinden ist einfach. Wieder herauszukommen beinahe unmöglich.

In unregelmäßigen Abständen fallen die Jugendlichen
der Dörfer übereinander her. Verprügeln sich so lange, bis
ein Dorf die Oberhand gewinnt. Der so entstandene Burg-
friede ist jedoch trügerisch. Schon nach kurzer Zeit fängt
es in den unterdrückten Dörfern wieder zu gären an. Und
sie fallen neuerlich übereinander her.

Das war immer so. Und wird immer so bleiben.

Da jedes unserer drei Dörfer einen anderen Dialekt
spricht, gibt es keine wirkliche Verständigung zwischen
den Wimlingern, Niederkattlhofenern und Lappingern.
Auch als die Dörfer längst zu einem großen Dorf zusam-
mengewachsen und ihre Dialekte ineinander verschmolzen
sind, tun sie weiter so, als verstünden sie sich nicht.

Die Leute unserer drei Dörfer haben sich ohnehin
nichts zu sagen. Gehen einander aus dem Weg. Nur sonn-
tags, in der Kirche von Niederkattlhofen, stehen sie ein-
mütig dem Altar zugewandt. Starren auf den Mund vom
Pfarrer Wandlinger. Aus dem Worte kommen, die sie nicht
verstehen. Und auch gar nicht verstehen wollen.

Die Leute in unserem Dorf mögen meinen Vater nicht.
Weil er ein Ausländer ist. Für sie ist jeder ein Ausländer,
der nicht in Lapping geboren wurde. Ein Zugereister. Einer, der nicht dazugehört. Ein Fremdkörper. Sie verstehen
nicht, was er sagt. Und begreifen nicht, was er tut.

Es scheint Orte zu geben, in denen sich die Wut der ganzen Menschheit verdichtet. Und niemand, der an einem solchen Ort lebt, kann sich dieser Wut entziehen. Sie ist wie eine ansteckende Krankheit, eine Seuche. Die jeden erfasst, der mit ihr in Berührung kommt. Sie kriecht tief in einen hinein. Und lässt einen nie wieder los.

Lapping ist so ein Ort.

Hier hatte mein Vater von Anfang an keine Chance. Und ich auch nicht.

Die in Lapping schwelende Wut erfasst auch die Dorfbewohner von Wimling. Geht dann auf Niederkattlhofen über. Bis schließlich alle unsere drei Dörfer mit Wut angefüllt sind. Sie entlädt sich vom Stärkeren, zum weniger Starken, bis zu den Schwächeren hin. Nur die Allerschwächsten, die niemanden mehr finden, an denen sie ihre Wut auslassen könnten, fressen sie in sich hinein. Wo sie dann weiterkocht.

Die Wut kocht im Kindergarten in der Mater Graziana. Sie kocht im Hauptlehrer Kager, der zu geeigneter Zeit die Erziehungsmaßnahmen meines Vaters vertiefen sollte. Sie kocht in unserem Stier. In unserem Eber. Und ganz besonders in unserem Hofhund Wampo.

Die Wut, die über unseren drei Dörfern schwebt, steckte sogar in den Gewittern. Die mit unheimlichem Donnergrollen heranrollen. So tun als entfernten sie sich. Dann krachend wieder zurückkehren. Und stundenlang über unseren Dörfern toben.

Am schlimmsten ist es nachts. Wenn die Blitze direkt auf mein Bett zielen. Und es so hell in unserem Schlafzimmer wird, als würde der Spengler Hösl mit seinem Schweißbrenner unter der Bettdecke arbeiten. Ich weiß natürlich, dass der Spengler Hösl nicht mitten in der Nacht in unserem Schlafzimmer schweißt. Und verkrieche mich unter der zentnerschweren Decke. Bis sie mich zu ersticken droht.

„Hab' keine Angst, mein Junge!" sagt meine Mutter, „das Gewitter ist erst dann direkt über uns, wenn Blitz und

Donner zusammenfallen. Du musst zählen, nach dem Blitz. Wenn du bis zehn zählen kannst, bis es donnert, ist das Gewitter noch zehn Kilometer weit weg."

Aber das beruhigt mich nicht. Auch nicht, wenn ich nach einem Blitz bis fünfundzwanzig zählen kann, bevor der Donner loskracht. Das Gewitter also erst im fernen Drebelsberg tobt. Ich verkriech mich auch dann unter der Bettdecke. Damit mich nicht womöglich doch ein verirrter Blitz erreicht.

Schon wenn riesige Wolkenballen über dem Vierfichtenbuckel rumoren, fange ich an zu zittern. Da kann meine Mutter noch so lange behaupten, dass der Donner nicht gefährlich sei. Sondern die Blitze. Und auch die nur, wenn es keinen Abstand zwischen Blitz und Donner gibt.

In diesem Abend umkreisen schon seit Stunden blauorangene Wolkenwände unsere drei Dörfer. Die Luft ist stickig und spannungsgeladen. Meine Mutter stöhnt. Sehnt sich erlösenden Regen herbei. Mein Vater bangt, wie jedes Jahr, wieder um seine Ernte. Und vom Bayrischen Wald hallt unaufhörlich dumpfer Donner zu uns herüber.

„Es wird Hagel geben. Und die ganze Ernte verwüsten," unkt mein Vater.

Doch die Sonne brennt sich weiterhin durch den schlierigen Himmel. Und ich bin froh, dass die Gewitter ihre Wut an den Drebelsberger Bergen auszulassen scheinen. Nur meine Mutter klagt weiterhin über die unerträgliche Schwüle. Schließt sich im Badezimmer ein. Und nutzt die Gelegenheit, um dort heimlich zu rauchen.

Doch auf einmal macht das Gewitter doch noch einen unerwarteten Schlenker auf unsere Dörfer zu.

Am helllichten Tag wird es schwarz. Die Luft blieb stehen. Und knistert. Die Bäume vor unserem Küchenfenster erstarren. Schwer und düster drückt der Himmel auf Lapping herunter. Angespannte Stille füllt unsere Küche. Sogar mein Vater vergisst, seine mittägliche Moralpredigt anzustimmen. Wir rühren lustlos in unseren Suppen herum.

Selbst die Schmeißfliegen haben ihr Gesumme eingestellt. Kleben träge an den Tellerrändern.

Dann geschieht alles gleichzeitig.

Eine Flammensäule schießt aus dem dunklen Himmel auf uns zu. Ein Knall zerreißt die Stille. Es kracht und poltert. Als löse sich der Himmel über uns auf. Und falle in seinen einzelnen Bestandteilen auf Lapping und unseren Hof herab.

Der Himmel fällt nicht herunter. Stattdessen kehrt die bewegungslose Stille wieder zurück. Und noch immer ist kein Tropfen Regen gefallen.

Plötzlich ein weiterer Knall. Diesmal ist es die zuschlagende Küchentür.

„Wie sollen die Kinder begreifen, dass sie die Tür vorsichtig zuzumachen haben, wenn. du sie -" schimpft meine Mutter meinem Vater hinterher.

Und bricht mitten im Satz ab.

Eine gewaltige Lichtkugel platzt vor unserem Küchenfenster. Gleichzeitig geht ein Beben durch unser Haus. Die Teller vor uns machen ein Hüpfer. Und in ihnen die Suppenlöffel. Die Suppenspritzer auf den Küchentisch katapultieren. Meine Schwester, mein Bruder und ich rennen auf die Mutter zu. Verstecken uns unter ihrer Schürze. Von dort aus vernehme ich gedämpft das schauerliche Quieken der Schweine.

„Jetzt hat's eingeschlagen," stellt meine Mutter fest.

„Ein Nachzügler," sagt meine Omi, die sich geweigert hat, sich bei dem herannahenden Unwetter noch nach Holzing zurückfahren zu lassen.

„In ihnen ballt sich nochmal die gesamte Kraft, die seine Vorgänger nicht loswerden konnten," fügt sie gewichtig hinzu.

Und während ich noch über diesen Nachzügler sinniere, schießt ein weiterer Nachzügler auf unseren Hof herunter. Und bringt das gesamte Geschirr in unserem Küchenschrank zum Scheppern.

Die Schweine fangen wieder an zu quieken. Und als ich unter der Schürze meiner Mutter hervorkrieche, sehe ich, dass ihr Gesicht weiß ist.

„Der Schweinestall brennt!" kreischt sie.

Und nun kommt auch noch Wind auf. Böen reißen kleine Flämmchen von den Flammen. Und schleudern sie auf das Hühnerhaus zu. Das ebenfalls Feuer fängt. Und lichterloh zu brennen beginnt. Aufgeregtes Gackern gesellt sich zum Quieken der Schweine. Immer heftiger zerren und schieben die Windböen an den Flammen. Bis sie sich riesengroß vor unserem Fenster auftürmen. Und immer weiter schießen Blitze auf uns herunter. Krachender Donner rollt hinter ihnen her.

Das Gewitter kann gar nicht genug kriegen.

Den ganzen Tag und die ganze Nacht kreist es um unsere drei Dörfer. Zum Schluss schlägt der Blitz auch noch beim Nädler ein. Und auch bei ihm brennen Stadel und Ställe ab. Die meisten Tiere können sich zwar retten. Laufen aber noch tagelang verwirrt in unseren drei Dörfern herum.

Wie große rollende Steine
(aus: „Heimat")

Es gibt nur wenige Aussagen meines Vaters, die nicht mit ‚man muss' oder ‚man darf nicht' beginnen. Diese Satzanfänge sind wie große rollende Steine, die sich vor meine Ohren schieben. Und alles was dann folgt, nicht mehr in sie eindringen lassen.

Ich muss alles. Und ich darf nichts. Das ist seine Philosophie.

Ich darf nicht spielen, wenn die anderen spielen. Und am Sonntag muss ich mit ihm und meiner Mutter nach Drebelsberg fahren. Stundenlang in Schaufenster auf langweilige Anzüge glotzen. Die alle gleich aussehen. Und die er sich sowieso nicht leisten kann. Wenn ich mit unserem Pferdeknecht auf dem Heuwagen sitzen will, was sich als sehnlichster Wunsch durch die ersten Jahre meiner Kindheit zieht, schüttelt mein Vater nur seinen Kopf. Weder begründet er seine Verbote. Noch erklärt er seine Befehle. Was er sagt, ist zu befolgen. Und auch das, was er nicht sagt. Nur andeutet. Oder durch sein Schweigen befiehlt.

Daran ändert sich auch nichts, als sich zwei weitere Leben zu unserer Familie gesellen. Zwar weitet mein Vater nun seine Moralpredigten auf meine Schwester und auf meinen Bruder aus. Denn auch sie können ihm nichts recht machen. Aber vor allem bin ich es, der ihn immer und immer wieder enttäuscht. Weil ich nun mal so bin, wie ich bin. Und nicht so, wie er ist. Oder wie er es sich vorstellt oder wünscht, dass ich sein sollte. Dabei ist das ja gar nicht möglich. Weil ich eben ich bin. Und deshalb nicht er sein kann. Ich bin ja nicht einmal wirklich ich. Sondern nur die Hülle dessen, der sich darin verbirgt und gar nicht zum Vorschein kommt. Aber es hat keinen Sinn, ihm das zu erklären. So etwas versteht mein Vater nicht.

Ich, zum Beispiel, habe mir nie vorgestellt, dass er anders sein könnte. So wie er ist, ist er nun mal. Ob mir das passt oder nicht. Und freilich passt es mir oft nicht.

Alles komme nur davon, dass mein Vater nicht rauche und nicht trinke. Behauptet meine Omi. Und gießt sich ein Gläschen Likör ein. Deshalb sei er so griesgrämig. Und so rechthaberisch. Leute, die keine Laster haben, sagt sie, seien pingelig, stur und streng. Wie mein Vater eben. Und natürlich hat er mit allem Recht, was er an uns auszusetzen hat. Sagt meine Omi und zwinkert mir zu. Vater hat recht. Das sei ein Naturgesetz in unserer Familie. Und an Naturgesetzen rüttele man nicht.

Da mein Vater sie zu Weihnachten nicht bei uns in Lapping duldet, weiß sie nicht, dass er sich immerhin am Heiligen Abend 'mal einen genehmigt', wie er es nennt. Deswegen kann sie auch nicht wissen, dass er an diesem Abend eine dicke Zigarre qualmt. Obwohl er meiner Mutter das Rauchen missgönnt. Tatsächlich hat die Heiligabendzigarre einen guten Einfluss auf meinen Vater. Kaum bläst er bläuliche Wölkchen vor sich hin, ist er plötzlich ein anderer. Er redet dann sogar mit meiner Mutter. Und mit jedem Gläschen Likör wird er fröhlicher. Denn bei dem ,einen' bleibt es nicht. Er lacht dann sogar. Pfeift seine Landfunkmelodien laut vor sich hin. Und tanzt dazu. Mit sich selbst. Übersieht geflissentlich, wie meine Mutter erwartungsvoll auf dem Stuhl hin und her rutscht.

Irgendwann schraubt er die Flasche mit dem ,Danziger Goldwasser' wieder zu. Schüttelt sie noch einmal. Hält sie gegen die Glühbirne. Und ich sehe, wie die winzigen Goldblättchen in der Flüssigkeit herumwirbeln. Dann verschwindet die viereckige Flasche wieder in seinem Schreibtisch. Und ich weiß, er wird sie erst in einem Jahr wieder herausholen.

Und noch während der süßliche Zigarrenqualm über dem Christbaum wabert, entladen sich bereits wieder die ersten ,man muss'- und ,man darf nicht'-Sätze über unsere ausgepackten Geschenke. Die wir Kinder achtlos liegenlassen, um der zu erwartenden üblichen Standpauke zu entgehen. Die wir inmitten des weihnachtlichen Familienfriedens noch unerträglicher als sonst empfunden hätten.

Und schon am nächsten Tag beginnt er wieder, an mir herumzunörgeln. Was ich auch tue, es passt meinem Vater nicht.

Das Wichtigste sei, dass man nicht aufgebe. Sagt mein Vater, der immer wieder vergeblich versucht, alles auf einen Nenner zu bringen. Er scheint selbst nicht zu wissen, was das Wichtigste ist. Denn bei ihm ist immer das das Wichtigste, was er gerade sagt. Obwohl noch kurz zuvor etwas völlig anderes für ihn das Wichtigste gewesen war.

Es sei vor allem wichtig, dass man das Richtige im Leben tue. Das nämlich, was er tut.

Das, zum Beispiel, sehe ich ganz anders. Aber weil ich eben nicht alles sehe, wie er es sieht, nicht denke, wie er denkt und nicht tue, was er tut, meckert er tagein, tagaus an mir herum.

„Du bist nicht konsequent, Bub!" Sagt er. Zum Beispiel. Wenn ich wieder mal nichts aus mir herausbringe.

„Du musst nur den Mund aufmachen! Und nachdrücken. Dann kommen die Worte schon."

Und er macht es mir vor.

„Sooo!" ruft er. Sperrt seinen Mund soweit auf, dass ich bis in seinen Rachen hinunterschauen kann.

„Oder so! Siehst du?" Und er formte ein O. Dann sagte er ‚Aaadam‘, ‚Aaarbeit‘ und ‚Aaamen‘. Und die Worte tönten mühelos aus ihm heraus. Und weil ich ihn zufriedenstellen will, reiße auch ich meinen Mund weit auf. Und auch aus mir kommt ein ‚A‘ heraus. Leider folgen weder ‚dam‘ noch ‚rbeit‘. Auch ein ‚men‘ will nicht kommen.

„Weiter, weiter! Du musst dich anstrengen! Du bist nicht konsequent genug! Aaaadam! Aaaarbeit! Aaaaamen! Versuch‘s nochmal!"

Und ich bemühe mich weiter, meine A‘s zu ganzen Wörtern zu formen. Bis er schließlich abwinkt.

Und schon ist wieder was anderes das Wichtigste.

Nämlich, dass man konsequent sein müsse. Im Leben. Dass man sonst nichts erreiche. Im Leben. Konsequent sein. Und zu wissen, was man wolle. Das vor allem sei das Wichtigste. Im Leben. Und dass man seine Pflicht tue. Und immer schön bescheiden sei.

Und jetzt kommt mein Vater richtig in Fahrt. Als ergötze er sich nun selbst an seiner Erkenntnis, was das Wichtigste sei.

Bescheidenheit und seine Pflicht zu tun. Das sei es. Damit bringe man es zu etwas. Im Leben.

Ich komme nicht klar mit all diesen Begriffen. Sie purzeln in meinem Kopf herum.

Was meint er mit Bescheidenheit?

Was meint er mit Pflicht?

Und überhaupt, was von all dem Wichtigen, das er aufgezählt hat, ist nun das Wichtigste, sozusagen das Allerwichtigste? Im Leben. Aber das weiß mein Vater wahrscheinlich selber nicht.

Auch die Leute im Dorf verstehen meinen Vater nicht.

Wörter wie ‚Pflicht‘, ‚bescheiden‘ und ‚konsequent‘ kommen in unseren drei Dörfern nicht vor. Und es will ihm nicht gelingen, sie in den Sprachen unserer drei Dörfer unterzubringen.

Die absoluten Lieblingswörter meines Vaters sind ‚vernünftig‘ und ‚anständig‘. Ich solle, zum Beispiel, einen *vernünftigen* Beruf erlernen. Damit etwas *Anständiges* aus mir werde.

Vernünftige Berufe seien solche, mit denen man sein Brot verdiene. Sagt er.

Da kamen für ihn nicht viele in Frage.

Landwirt, zum Beispiel, ist so ein Beruf. Bäcker ein anderer. Oder Spengler. Schmied. Allenfalls Lehrer. Notfalls auch Pfarrer. Das seien *vernünftige* Berufe. Sagt er. Mit denen man bei *anständigen* Leuten in Ansehen und Achtung stünde.

Aber ich werde den Verdacht nicht los, dass mein Vater gar keinen vernünftigen Beruf für mich parat hat. Denn würde ich Bäcker werden wollen, wäre ihm sicher Spengler lieber gewesen. Würde ich mich für Lehrer entscheiden, würde er gern einen Pfarrer in mir sehen.

Und selbst wenn ich Lehrer und Pfarrer und vielleicht auch noch Bundeskanzler dazu werden würde, wünschte er sich bestimmt, dass ich Papst würde. Was nun wirklich kein vernünftiger Beruf ist.

Onkel Hans weiß zu viel
(aus: „Heimat")

„Nimm dich in Acht vorm Onkel Hans, mein Junge! Der Onkel weiß mehr über die Welt, als in ihr passiert," sagt meine Mutter und zieht mich zu sich heran. Der Onkel Hans, der sei ein ganz ein Gescheiter. Kichert sie. Und ich spüre, wie sie jedes Mal auflebt, wenn der Onkel Hans uns besuchen kommt.

Vielleicht weiß er viel, vielleicht auch nicht. Es ist mir wurscht, ob das, was er erzählt, tatsächlich passiert ist. Oder von ihm erfunden ist. Ich mag ihn. Weil er mit mir wie mit einem Erwachsenen redet.

Er erzählt von zwei Affen, die in einer Rakete in den Weltraum geschossen wurden und wieder quicklebendig zurückgekommen seien. Er behauptet, dass die Chinesen die Tibeter überfallen hätten, worauf der Dalai-Lama fliehen musste. Tatsächlich stehen beide Geschehnisse acht Wochen später in unserem Lesezirkel. Die ermordeten Tibeter sind inzwischen seit acht Wochen tot. Und der Dalai-Lama hat sich längst nach Indien abgesetzt. Was wir dann wiederum auch erst acht Wochen später aus dem Lesezirkel erfahren.

Ich weiß nicht, wer der Dalai-Lama ist. Auch unter Tibetern und Chinesen kann ich mir nichts vorstellen. Aber immerhin wird mir aus den Berichten vom Onkel Hans klar, dass es noch eine andere Welt geben muss. Außerhalb von Lapping. Eine Welt, die sich über unsere drei Dörfer, ja, über den gesamten Gäuboden, und sogar über ganz Bayern hinauserstreckt.

Bei einem seiner Besuche kommt der Onkel Hans nochmal auf die Chinesen zu sprechen.

„Die gelbe Gefahr," sagt er und deutet mit dem Daumen hinter sich, als befinde sie sich schon hinter seinem Rücken, „sie wird uns alle überrollen. Du wirst es erleben,

Bub. Sie werden es wie die Spanier, seinerzeit in Latein-amerika, machen. Und eines Tages werden wir alle Chinesen sein. Wenn die nicht einmal vor dem Dalai-Lama halt-machen, ist ihnen nichts heilig. Dann ist keiner mehr vor ihnen sicher!"

Ich schaue in die entsetzten Augen meiner Mutter und frage mich, was daran so schlimm wäre, wenn wir alle Chinesen würden. Freilich weiß ich nicht, was die Spanier seinerzeit in wo auch immer gemacht haben. Merke aber, dass der Onkel Hans schon ziemlich viel zu wissen scheint. Und dass er auf die Chinesen nicht gut zu sprechen ist.

Welche Gefahr denn nun die schlimmere sei, die uns drohe, wirft meine Mutter ein. Da er wohl schon verschiedentlich auf drohende Gefahren hingewiesen hat. Die gelbe, die rote oder die braune? Worauf sich der Onkel Hans von ihr abwendet. Und sich zu mir herunterbeugt.

„Hauptsache, dass ‚Eintracht Frankfurt' deutscher Fuß-ballmeister geworden ist, nicht wahr, Heini?" sagt er, blinzelt mir zu. Und verlässt unsere Küche.

Ich schaue meine Mutter an.

„Du meinst, warum nichts von all dem, was der Onkel Hans berichtet in den Illustrierten stehe, mein Junge

„Nun, Heini, nicht alles, was für dich und deinen Onkel Hans wichtig ist, ist auch für den Rest der Welt wichtig," sagt meine Mutter. Und streichelt meinen Kopf.

Gemeinsam schauen wir aus dem Küchenfenster, wie der Onkel Hans mit trotzigen Schritten unseren Hof ver-lässt.

„Und weißt du, die Zeitungsleute schreiben nicht immer alles. Einiges lassen sie einfach weg. Oder erfinden was dazu. Wenn zum Beispiel mal gerade nichts passiert auf der Welt, lassen sie halt was passieren. Sonst hätten sie ja nichts zu schreiben. Die Zeitungshäuser würden kaputt gehen. Weil niemand unbeschriebene Zeitschriften kaufte. Unser Zeitungshändler würde pleitemachen. Weil er keine Zeitungen mehr zu verkaufen hätte. Dann verlöre auch der Zeitungsausträger sein Einkommen. Und wir bekämen keinen Lesezirkel mehr." Und der Onkel Hans würde uns nicht mehr besuchen kommen."

Sie tippt mit ihrem Zeigefinger auf meine Nasenspitze. „Denn dann hätte er nichts mehr zu erzählen."

Einladung auf dem Meeresgrund
(aus: „Heimat")

Onkel Theodor ist der erste Tote in meinem Leben. Außer ihm und meinem Onkel Hans gibt es noch andere Onkel in unserer Familie. Auch Tanten natürlich. Nicht alle Onkel und Tanten sind wirkliche Onkel und wirkliche Tanten. Einige von ihnen haben überhaupt nichts mit unserer Familie zu tun. Trotzdem nennt mein Vater sie Onkel und Tanten. Leider gibt es mehr Tanten als Onkel. Da einige der Onkel nicht mehr aus dem Krieg zurückgekommen sind. Die Tanten sitzen nur rauchend da. Und kritteln an uns Kindern herum. Die Onkel dagegen wissen stets gute Geschichten zu erzählen.

Und die besten erzählt der Onkel Theodor.

Er sei Steuermann gewesen, behauptet der Onkel Theodor. Ist auf mehr Schiffen gefahren, als die Ozeane tragen könnten. Kennt jeden Hafen der Welt. Und noch einige mehr. Ist mit seinen Schiffen den schrecklichsten Stürmen entronnen. Und trotzdem so oft mit ihnen abgesoffen, dass er selbst in der Welt der Fische und Kraken Freunde gewonnen hat. Erzählt er.

Wenn er auf die Mädchen in den Häfen zu sprechen kommt, wirft ihm meine Tante Triene einen blitzenden Blick zu.

„Nicht vor dem Jungen!" sagt sie. Und mein Onkel verstummt.

Erst wenn sie wieder in der Küche zu hantieren beginnt, beugt er sich zu mir herunter und flüstert mir ins Ohr:

„Weißt du, kleiner Mann, die Mädchen in den Häfen, ich habe sie alle geliebt. Aber mit deiner Tante Triene ist das was anderes. Wie soll ich es dir erklären? Trienchen und ich, das ist wie Bug und Heck. Sie zusammen erst ergeben ein Schiff."

„Du wirst es mir nicht glauben," so fangen seine Geschichten an, „einmal war ich bei einem Kraken eingeladen, der mich noch von einem früheren Schiffsunglück her kannte."

Ich glaube ihm nicht. Sage aber nichts. Schaue ihn nur neugierig an. Will auch diese Geschichte hören. Denn er erzählt eine Geschichte immer nur einmal. „Es war wieder mal an diesem verdammten Kap Hoorn. Das ist weit, weit weg von hier, unterhalb von Feuerland, am südlichsten Zipfel von Südamerika. Aber das weißt du ja sicher vom Erdkundeunterricht?" Ich weiß es nicht. Trotzdem nicke ich. Der Onkel sieht mich lobend an.

„In Feuerland gab es einen Indianerhäuptling, der mich unbedingt mit seiner Tochter verheiraten wollte. Ich sage dir, Junge, die hatte Augen wie Irrlichter. Wenn du weißt, was Irrlichter sind. Und ihre Haut war - naja, dazu bist du vielleicht wirklich noch zu jung."

Ein Lastwagen dröhnt an der Souterrainwohnung vorbei, in der Tante Triene und mein Onkel Theodor wohnen.

„Jedenfalls zerschellte unser Schiff wiedermal. Und ging mit Mann und Maus unter. Der alte Krake erkannte mich sofort, als ich auf dem Meeresboden ankam. Kraken haben ein phänomenales Gedächtnis, musst du wissen! Aber das weißt du ja sicher vom Biologieunterricht."

Ich weiß auch das nicht. Nicke aber wieder.

Der Onkel Theodor kratzt sich hinterm Ohr, kramt eine Prise Schnupftabak aus seiner Hemdtasche. Und stopft sie sich ins linke Nasenloch. Das schon ganz braun ist. Und doppelt so groß wie das rechte.

„Unter uns Männern, ich habe den Kraken natürlich nicht wiedererkannt. Sie sehen irgendwie alle gleich aus, diese Kraken. Wenn sie wenigstens nummerierte Arme hätten!" seufzt er.

Der Krake habe ihn zu Kaffee und Kuchen eingeladen.

„Aber zuerst musste ich ein heißes Bad nehmen. Das ist so ein Tick von Kraken. Und sie dulden keine Widerrede," sagt der Onkel. Und sieht mich streng an.

„Und rate mal, woraus der Kuchen war, auf den ich mich nach dem heißen Bad gefreut hatte?"

Ich warte.

„Aus Fischmehl. Und er war mit schimmerndem Plankton belegt. Du weißt ja, was Plankton ist?"

Ich nicke wieder.

Er beugt sich zu mir herunter. Sieht mich mit glasigen Augen an. Seine runzelige Hand krabbelt an meine heran. Doch noch ehe sie bei mir ankommt, lässt er sie wieder auf seine Knie zurückfallen.

„Er sah wunderschön aus, der Kuchen, wie er so unter Wasser blinkte und funkelte," sagt der Onkel, „aber, ich sage dir, er schmeckte grauenhaft. Wirklich scheußlich. Pfui Deibel."

Der Onkel schüttelt sich. Und erzählt weiter von seinem Besuch bei dem Kraken. Der ihn, nachdem er sich vom Ertrinken erholt hatte, mit einem seiner Fangarme wieder zurück auf die Meeresoberfläche hob. Wo glücklicherweise immer noch Rettungsboote nach Überlebenden suchten. Und meinen Onkel sogleich herausfischten.

Onkel Theodor hatte auch Begegnungen mit Delphinen, Schwertfischen, Haien und Walen. Von letzteren ist er mehrmals aufgefressen und als ungenießbar wieder ausgespuckt worden.

Wie immer, wenn eine seiner Geschichten zu Ende ist, sitzt er auch jetzt versonnen da. Knöpft sein Hemd auf und wieder zu. Und wir lauschen gemeinsam in das hellbraun lackierte Radio, das stets nur glucksende, tirilierende, rauschende und knisternde Geräusche von sich gibt. Die wie verschlüsselte Botschaften aus dem Universum ineinanderfließen. Das grünliche Auge unter dem stoffbespannten Lautsprecher weitet sich. Verengt sich. Blinzelt uns zu, aus einer unerreichbar fernen Welt.

Eines Tages behauptet der Onkel Theodor im Beisein von Tante Triene, in Wahrheit sei er Kapitän gewesen. Nicht Steuermann. Und am Tag darauf will er sogar Admiral gewesen sein. Kommandeur einer riesigen Flotte. Und Tante Triene macht eine wegwerfende Handbewegung in unsere Richtung. Aber mir ist es egal, welchen Beruf der Onkel ausgeübt hat. Ob er nun Maat oder vielleicht sogar nur ein ganz gewöhnlicher Matrose war. Oder womöglich gar nicht zur See gefahren ist. Hauptsache, er erzählt weiter seine Geschichten.

Jetzt liegt er aufgebahrt in der Kirche von Holzing. Seine Lider geschlossen. Seine Haut weiß und wächsern. Auch um sein linkes Nasenloch. Das mir nun noch größer erscheint. Und dort, wo früher seine Pfeife hing sind seine Lippen leicht nach unten gezogen.

„Sieh ihn dir an, deinen Onkel Theodor! Sieh in dir genau an, Junge!" keift die Tante Triene, „gesoffen hat er. Geraucht hat er. Und gehurt, wo er nur konnte. Und jetzt liegt er da. Faltet scheinheilig seine Hände. Dabei hat er in seinem ganzen verdorbenen Leben vom Beten nichts wissen wollen!"

Auch als andere Besucher ihre Gesichter an die Glaswand pressen, um noch einen letzten Blick auf meinen Onkel Theodor zu werfen, schimpft meine Tante unbeirrt weiter:

„Ja, schaut ihn ruhig an! Schaut ihn euch alle an! Den Kapitän, Steuermann und Admiral von allen Schiffen der Welt! Schaut ihn euch an! Den Hurenbock! Den Freund von Haien und Kraken! Alle zusammen können sie ihm jetzt nicht helfen, wieder aus dieser verdammten Kiste herauszukommen!"

Und sie packt meine Hand und zieht mich von der Glaswand fort, die ihn von uns trennt.

Kurz nach ihm stirbt auch meine Tante Triene. Und ich begreife ich jetzt, dass der Onkel Theodor recht gehabt hat. Sie waren wie Bug und Heck. Nur zusammen ergaben sie ein Schiff. Auch wenn es Tante Triene nicht wahrhaben wollte.

Erkenntnis im Audimax
(aus: „Heimat")

Ich sitze in der hintersten Reihe des Auditorium Maximum.

Gemurmel und Qualm füllen den Hörsaal. Überall umgeben mich vertraute Gesichter. Doch die ihnen zugehörigen Namen wollen mir nicht einfallen.

Ich schaue zum Dozentenpult.

Es ist unbesetzt.

Durch das allgemeine Murmeln bahnen sich Worte an mein Ohr. Denen ich zunächst keine Aufmerksamkeit schenke. Sie treiben wie zusammenhanglose Inseln auf dem See des Raunens dahin. Erst als sich die Worte berühren, sich zu Sinnfäden verknüpfen, horche ich auf.

Stimmen sprechen hinter meinem Rücken.

"Schau, wie sie auf ihren Dozenten warten, hoffend, dass aus seinen Worten Weisheit in sie ströme!"

"Dabei ist der Dozent noch gar nicht da," sagt eine fröhliche Stimme.

Das Gemurmel nimmt wieder zu. Die Worte finden nicht mehr zueinander. Satzfetzen gehen im anschwellenden Klopfen unter.

Der Dozent ist eingetreten.

Er nimmt seinen Platz hinter dem Pult ein. Auch ihn kenne ich. Einen Augenblick lang, meine ich, schaut er zu mir herüber. Doch als ich seinem Namen nachspüre, sperrt auch er sich gegen mein Erinnern.

Das Klopfen flaut ab. Der Dozent stellt eine abgegriffene Aktentasche neben sich. Entnimmt ihr einen Stoß gebündelter Seiten. Die er vor sich auf dem Pult ausbreitet. Er hebt seinen Kopf schaut über seine Brille hinweg in den Hörsaal.

Stille tritt ein.

"Nachdem ich euch in den letzten Semestern in die verschiedenen philosophischen Systeme unserer abendländischen Kultur eingeführt habe..."

"Kultuuur!" kichert es hinter mir.

„Aaaabendländische Kultur!" verbessert eine andere Stimme.

„Eben!" kichert es wieder.

„...will ich Ihr Interesse, meine Damen und Herren, in diesem neuen Semester für die östlichen Weisheitslehren erwecken," fährt der Dozent fort.

„Hört! Hört! Jetzt sind wir dran," sagen zwei Stimmen gleichzeitig.

„Na endlich! Wurde auch Zeit! Jetzt sind wir dran," höre ich es hinter mir sagen.

"Wenden wir uns zunächst dem Haiku zu! Es ist die vollendete Form eines Gedichts. Es ist Philosophie und Lyrik, Melodie und Rhythmus in einem. Unsere Kultur hat nichts Gleichwertiges anzubieten."

„Sag ich doch!" gluckst es hinter mir.

"Und was ist mit meinen Elegien?" näselt eine gekränkte Stimme direkt hinter meinem Rücken.

"Du hast ja gehört, was der Herr Dozent gesagt hat. Deine Elegien sind keine Haiku."

"Du hast wiedermal nicht hingehört, lieber Rainer Maria. Jetzt sind wir dran!"

Och," sagt der mit Rainer Maria Angesprochene.

„Hast du denn auch nur ein einziges Haiku geschrieben?"

„Na und?"

"Nehmen wir zum Beispiel einen der bekanntesten Verse des wohl größten Haikudichters Japans," ist nun wieder die Stimme des Dozenten zu hören.

"Ist doch wohl klar, dass er mich damit meint," sagt eine der Stimmen hinter mir.

"Von wegen, lieber Bashò, wie kannst du nur so selbstgefällig sein?"

"Ach, Issa, lass uns nicht wieder streiten! Wir sind beide die Größten. Das wissen wir doch längst! Und die Welt weiß es auch. Jedenfalls der bedeutendere Teil von ihr." Pause. „Naja, vielleicht bin ich ein klitzekleines Bisschen mehr der Größte als du!"

"Höchstens äußerlich, geschätzter Basho, höchstens äußerlich."

"Noch hat er niemanden erwähnt!"

"Aber er wird, Issa, er wird."

Der mit Issa Angeredete schnaubt.

"Ich bin schon gespannt, was er mir diesmal wieder andichten wird, der gute Professor."

„Dir? Warum dir?"

„Also gut: was er uns andichten wird."

„Sei doch versöhnlich, Issa! Die nicht zu dichten vermögen, müssen eben andichten."

„Och," lässt sich die Stimme von vorhin wieder vernehmen.

„Wir haben doch nicht dich gemeint, werter Rainer Maria!"

Vergnügtes Gekicher im Hintergrund.

„Denkt doch nur an den grundguten Georg Wilhelm Friedrich!"

„Du meinst den mit dem Weltgeistgesülze?"

„Vorsicht! Nicht alles, was du nicht begreifst, ist Gesülze, mein Gutster! Das ist Dialektik vom Feinsten!"

„Na, dann lies mal den Sören und den guten alten Platon! Aber wie kommst du jetzt gerade auf den Georg Friedrich Wilhelm? Der schreibt doch weder Gedichte noch Haiku."

„Nicht alles lässt sich in Versen sagen. Und immerhin ist er einer ihrer Großen."

"Trotzdem finde ich, hätte er sich kürzer fassen können. Denkt nur an seine unsägliche Phänomenologie!"

"Es ist eben nicht jedem gegeben, in wenigen Versen alles zu sagen, lieber Rainer Maria."

"Was nun, Issa? Dialektik? Poesie? Oder Polemik?"

In diesem Augenblick meldet sich der Dozent wieder zu Wort.

"Diesen Weg /geht niemand / an diesem Herbstabend."

Er hält inne und schaut erwartungsvoll in den Hörsaal.

"Hab ich's euch nicht gesagt?" triumphiert Bashò.

"Dieses wohl großartigste Haiku von Bashò zeigt sich auf den ersten Blick, wie viele Haiku, als alltäglich und nichtssagend, in Wahrheit sind tiefgreifende Schicksalserfahrungen Bashòs darin verschlüsselt verborgen."

"Von wegen verschlüsselte tiefgreifende Schicksalserfahrung!" braust der mit Basho Angesprochene auf, „warum nur alle Welt diese paar kümmerlichen Zeilen immer wieder als ein Haiku missinterpretiert? Es war schlicht das Postskriptum in einem Brief an meine Tante. Wie hieß sie doch gleich wieder? Ich wollte sie warnen. In jenen Novembertagen sind die Nebel in unserer Gegend oft sehr dicht. Und Oko, jetzt fällt mir ihr Name wieder ein, war schon recht kurzsichtig. Sie verirrte sich leicht. Und ich hatte nicht die geringste Lust, sie bei dem Mistwetter überall zu suchen."

"Immerhin hast du's ihr in wenigen Worten zu sagen versucht," lobt der mit Rainer Maria Angesprochene.

"Sie hat's aber nicht kapiert. Ich musste sie trotzdem im Nebel suchen."

„Entschuldige, Basho, war Oko nicht deine Nichte?"

„Ich werde doch wohl meine Tante von meiner Nichte unterscheiden können!" schnaubt der mit Basho Angesprochene.

Als sich der Dozent in seinen Interpretationen verliert, erlahmt das Interesse im Hörsaal. Mit einem neuen Namen versucht er die Aufmerksamkeit wieder zurückzugewinnen.

"Nehmen wir jetzt noch den späteren Issa..."

"Siehst du, mein lieber Bashò! Jetzt bin ich dran."

"Aber eben erst an zweiter Stelle," sagt der mit Basho Angesprochene.

Der Dozent hebt plötzlich seinen Blick aus seinen Aufzeichnungen und schaut erstaunt nach vorne. Als habe er am Ende der sanft aufsteigenden Sitzreihen des Hörsaals etwas Unerwartetes gesichtet. Und plötzlich drehen sich auch alle ihm zugewandten Gesichter um. Und starren über mich hinweg nach hinten.

Hüsteln und Tuscheln breiten sich aus.

Der Dozent scheint hinter seinem Vortragspult erstarrt zu sein.

Jetzt drehe auch ich mich um.

Ich sehe, wie sich ein weiterer riesiger Hörsaal nach hinten zu öffnet. Ich sehe viele vertraute Gesichter, aber auch solche, die ich nicht zuzuordnen vermag. Der mir am nächsten Sitzende schmunzelt. Andere mustern mich ausdruckslos. Einige haben Bärte. Andere sind ihres Kopfhaares verlustig gegangen. Die Reihen nach hinten nehmen kein Ende.

"Wer seid ihr?" frage ich kleinlaut.

Inmitten der nun eintretenden Stille vernehme ich verhaltenes Prusten. Das Prusten setzt sich von Reihe zu Reihe immer weiter nach hinten fort.

Dann, wie auf ein geheimes Kommando, braust Gelächter los. Poltert auf mich herunter. Bis auch aus mir Gelächter herausbricht. Und ich lache, lache, lache. Spüre, wie sich etwas aus mir herauslöst. Und im gemeinsamen Lachen Stück für Stück von mir abfällt. Der Chor der Lachenden nimmt mich immer mehr in sich hinein. Und während ich weiter lache, bis mir Tränen aus den Augen quellen, spüre ich, was ich noch nie gespürt habe. Der, der hier, von tosendem Gelächter umgeben, sich nach allen Seiten fragend umschaut, das bin ich.

Teil 4

Mord ohne Reue
(aus: „Fliegende Mütter")

Es ist nebelig. Ich lehne an der Glaswand des Hochcafés 'Maxvorstadt'. Ecke Theresien-Türkenstraße. Ich friere. Und stelle den Thermostat an meinem Einheitsmantel etwas höher.

Tief unten vernehme ich das Sirren der Behördenbusse. Auf der gegenüberliegenden Werbefront spiegelt sich matt das 'Luisencenter', ein riesenhafter Plexiglasturm integrierter Speiselokale. Hier hat man alle Restaurants der Innenstadt in einem Gebäudekomplex zusammengefasst. Über dem Turm schwebt eine satellitenartige Kuppel. In ihr befindet sich der Sitz des 'AGeGe', 'Amt für Gesundheit und Gewerbewesen'.

Vor zwei Jahren wurde das letzte Restaurant, ein mediterranes Spezialitätenlokal von der Kaiserstraße ins 'Luisencenter' verlegt. Der Inhaber hat sich jahrelang gegen diese vereinfachende Maßnahme gewehrt!

Manche Bürger sind wirklich rückständig.

Ein hochgewachsener Mann kommt aus der Tür des Hochcafés. Er trägt seinen Einheitsmantel. Seine hellblonden Haare sind streng nach hinten gekämmt. Mit schnellen sicheren Schritten geht er an mir vorüber. Einige Sekunden spüre ich meinen Pulsschlag hochschnellen.

Ich schaue auf seine Nummer am Mantelrevers.

Nein, er ist es nicht.

Ich warte weiter.

Wenn ich nur daran denke, wie unsinnig früher alles war!

Wollte man mal ausgehen, wurde stundenlang darüber diskutiert, wo man hingehen könnte. Fuhr dann kreuz und quer durch die Stadt. Hier war alles besetzt. Dort fand man keinen Parkplatz. Wieder woanders war gerade Ruhetag. 'Ruhetag'! Man stelle sich das heute vor! Einfach absurd.

Und schließlich landete man dann doch wieder im sogenannten 'Stammlokal'. Man hätte sich das ganze Palaver und die Fahrerei sparen können.

Wie lächerlich dieses wichtigtuerische individualistische Zeitalter war! Man verschwendete Zeit, Energie. Nur, um sich zu beweisen, anders vorhanden zu sein als die sogenannten 'anderen'. Einen sogenannten 'Willen' äußern zu können.

Armselig!

Ich drehe den Temperaturregler an meinem Mantelthermostat wieder etwas zurück.

Es ist nebelig.

Ich warte.

Zwei Männer laufen hektisch durch die Glaspassage über der Türkenstraße. Ein kleiner Dünner verfolgt einen Athleten, beide im Einheitsmantel, natürlich. Die Gesichter kann ich von hier aus nicht erkennen. Der Dünne hat etwas Dunkles in seiner rechten Hand. Der Große läuft um sein Leben.

Ich warte weiter.

Auch diese ganze Sonnenromantik, zum Beispiel!

Dieses ständige Gerede vom Wetter, diese unlogische diffuse Euphorie an sogenannten 'klaren Frühlingstagen'.

Ich erinnere mich nicht einmal mehr an Sonnentage. Sie fehlen mir nicht. Ich weiß, dass die Sonne über der Dauerdunstschicht der Stadtatmosphäre zuverlässig Energie erzeugt. Das genügt mir.

Ähnlich verhält es sich mit den Wäldern.

Ich weiß, im Europamuseum an der Tivolibrücke gibt es noch einen Wald. Ich muss doch nicht durchlaufen, um ihn wirklicher zu machen! Oder gar ins Schwärmen geraten! Wegen paar zusammenstehender knorpeliger Bäume, von Insekten und sonstigem Viehzeug umschwirrt.

Die 'Behörde' hat alles geregelt.

Sonne wird als Energie genutzt. Dazu ist sie da. Dazu ist sie gut. Winter, Sommer, Abend, Morgen, und diese ganzen lästigen Wechselspiele der Launen unseres Erdballs, sie halten mich nur vom Wesentlichen ab.

Und neulich fragte mich doch tatsächlich eine dieser vielstelligen Nummern, was denn eigentlich das Wesentliche sei?

Typisch für die 'Langnummern'. Einfach lachhaft.

Ich beobachte den Ausgang des Hochcafés.

Nichts bewegt sich. Die Passage zur Türkenstraße ist leer. Ich spüre Zweifel in mir aufsteigen. Aber, nein, er wird kommen! Er wird, er muss durch diese Passage kommen. Rede ich mir ein.

Aus den Straßenschluchten dringt das Sirren der atomaren Linienbusse zu mir herauf.

Da war doch noch so eine bizarre Wetterlaune.

Ach ja, man nannte es 'Föhn'.

Man hatte Kopfschmerzen. Man starb an Herzversagen. Man rannte nervös und unkontrolliert in der Stadt umher.

Unkontrolliert! Man stelle sich das heute vor!

Und es soll Autounfälle gegeben haben! Richtige Autounfälle. Nicht etwa wie heute, in den Aggressionsabbauspielen ('Aggabaspie').

Man sagte 'Föhn' und das war eine Entschuldigung für alles. 'Föhn', und die ganze Stadt stand auf dem Kopf.

Unvorstellbar.

Ich erinnere mich nur mit Widerwillen an diese Zeiten. Wie hilflos ausgeliefert fühlte ich mich doch diesen ungeregelten Einflüssen!

Heute würde kein Mensch mehr auf die Idee kommen, vom Wetter zu sprechen. Es wäre geradezu peinlich.

Ja, das 'Sonnencenter' am Stachus, wo in einer weit über die Stadtfilteratmosphäre hinausragenden, gewaltigen Lichtpfanne die Sonnenenergie gespeichert wird, das kennt jeder. Da sie aber über dem Nebel der Stadtatmosphäre thront, hat sie natürlich nie jemand gesehen. Wozu auch? Hoch über dem Einheitskaufcenter wird unsere Münchener Sonnenenergie gewonnen. Man weiß es. Das beruhigt. Und genügt.

Die gesammelte Energie wird in sehr großer Höhe rapid abgekühlt, und der als Randprodukt entstehende solare Verdunstungsteppich bildet die sogenannte 'Stadtfilteratmosphäre' ('Stafitmos'), die immer gleich hell, immer gleich temperiert und auf Grund ihrer Semipermeabilität auch ein Schutz gegen den ehemaligen Smog und gegen sogenanntes 'Wind und Wetter' ist.

Alle Abgase werden nach oben durch den Teppich abgesaugt. Sogenannte 'Klimasauerstoffpumpen' ('Klisas') halten innerhalb der Stadtglocke ein mikroklimatisches Gleichgewicht.

Es ist nebelig.

Augenfreundliches beruhigendes Grau. Wie die Haut einer jungen Frau der 'Jetztzeit'. Wie Leitungswasser. Wie Einheitswein. Wie Sammelsperma.

Ich schlendere vor dem Café-Eingang auf und ab.

Ein mittelgroßer Mann, etwas älter, auch er hellblond mit zurückgekämmtem Haar, hetzt durch die Passage. Nur noch wenige Schritte, dann ist er am Ausgang. Ich schiele auf sein Mantelrevers. Eine dreistellige Nummer.

Nein. Nummern werden nicht zugeteilt.

Es bleibt mir nur noch eine Stunde zur Erfüllung meines Auftrags.

Angst kriecht feuchtkalt in meine Knochen.

Auch die Labilität des Blutkreislaufs wird die 'Behörde' bald in den Griff bekommen. Eine Art katalytischer Haut-

Thermostat als induktiver Kreislaufstabilisator, könnte ich mir vorstellen.

Es ist lästig, trotz gleichbleibender Außentemperatur immerzu die Temperatur am Mantelthermostat verändern zu müssen.

Eine junge Frau kommt aus der Tür des Hochcafés. Sie bewegt sich zögerlich auf mich zu.

Ist sie es?

Ist mein Opfer eine Frau?

Ihre Haut ist wunderbar schiefergrau. Sie trägt Kurzhaarschnitt der Oberen Behördenmitglieder. Sie schwenkt vorschriftsmäßig ihre Hüften.

Ich schiele auf ihren Mantelaufschlag.

Eine zweistellige Nummer. Ich senke meinen Blick. Die Oberen Behördenmitglieder dürfen nicht angeschaut werden. Sie kommt als Zuteilung nicht in Frage. Nur die, denen Namen zugeteilt worden sind, werden freigegeben.

Ich atme erleichtert auf.

Eine Frau, das wäre mir doch unangenehm gewesen!

Es ist nebelig.

Ich warte.

Die mir verbleibende Zeit verrinnt. Meine Unruhe wächst.

Endlich geht die Tür zum Hochcafé wieder auf. Ein hagerer untersetzter Mann erscheint im dunklen Türrahmen. Kommt näher. Sieht sich nach allen Seiten um, als ahnte er sein Schicksal bereits voraus.

Seine Augen verstecken sich hinter einer trüben Nickelbrille.

Wer trägt heute noch Nickelbrillen!

Ich spüre meinen lästigen Pulsschlag und drehe den Thermostatregler wieder etwas niedriger. Ärgerlich registriere ich das Knacken meiner Hand- und Fingergelenke in den Manteltaschen. Warum nur habe ich mich dafür ent-schieden, meinen Auftrag auf diese Art zu erfüllen? Frage ich mich jetzt.

Der Mann kommt näher.

Noch kann ich nicht sehen, ob er einen Namen, den sogenannten ‚Verteilernamen' auf seinen Mantelaufschlag trägt. Und wenn ja, ob er das mir zugeteilte Opfer ist. Aber eine Ahnung, eine Art Witterung sagt es mir: das ist sie, meine Zuteilung.

Das Sirren der Atomarbusse wird noch lauter in meinen Ohren. Feuchtigkeit bildet sich auf meinen Fingerkuppen.

Jetzt kann ich den Namen erkennen:

Sebastian.

Er ist es! Meine Zuteilung.

Er geht trippelnd an mir vorüber, und wirft mir einen argwöhnischen Blick zu. Dann rollen seine Augen wieder hinter die Nickelbrille. Auf den Gläsern spiegelt sich klein die Behördenformel auf der Leuchttafel des ‚Raiffeisen-turms' von gegenüber.

‚Seid gleich. Wir schützen euch. '

Ich folge dem kleinen Mann bis zur Aufzugstür der Dachterrasse. Er dreht sich immer wieder um. Ich bleibe stehen.

Vielleicht habe ich mich geirrt. Habe die Nummer ver-wechselt, oder nicht richtig erkannt. Habe mich durch ei-nen Zahlendreher täuschen lassen. Vielleicht hat mein Zeitdruck mein Sehen manipuliert?

Oh, dieser fehlerhafte Körper voller Ungeregeltheiten und Schwächen!

Aber nein, wie konnte ich es vergessen haben! Genau um derlei zu vermeiden, hat die 'Behörde 'den Opfern Na-men zugeteilt. Um etwaige Zahlendreher auszuschließen.

Ich fingere meine rote Zuteilungskarte aus der Mantel-tasche.

Jeder hat wöchentlich einen Mord frei, den sogenannten 'Mord ohne Reue'.

Das regelt den Aggressionshaushalt, sagt die 'Behörde'.

Man bekommt eine rote Karte zugeschickt. Mit einer Nummer und einem Hinweis.

In diesem Fall ‚Sebastian' Hochcafé Maxvorstadt'. Darunter ein Datum, die sogenannte 'Letzte Frist'.

Persönliche Einzelheiten und Eigenheiten werden nicht angegeben. Das führe nur wieder zu Verhaltensweisen überholter Zeiten, sagt die 'Behörde'. Zu Zweifeln. Emotionsblockaden, sogenannten 'Hemmungen'.

Zum Beispiel.

Bisher habe ich meine Zuteilungen stets rechtzeitig aufzufinden und zu erledigen gewusst. Ich habe keine Kenntnis darüber, was mit einer Zuteilung geschehen würde, die die Oberhand gewönne und man selbst zum Opfer würde. Man munkelt, dass ein auf diese Weise 'umgedrehtes' Opfer' zu den kurzstelligen Nummern aufsteige. Also steile Karriere nach ganz oben.

Ich habe da meine Zweifel.

Und schon wieder ertappe ich mich bei unvorschriftsmäßigem Verhalten.

Zweifel gibt es nicht.

Da ich sie nun schon mal in meinen Fingern halte, schaue ich auf meine rote Karte. Überflüssigerweise. Ich habe mir den Namen natürlich längst eingeprägt. Er hat sich fest in mir eingenistet.

Links oben steht klein ‚Sebastian'.

Darunter mittig in großen Buchstaben das Datum der Letzten Frist. Tag 2421, Jetztzeit. Auf der Rückseite der Karte steht meine Nummer 240800.

Hält man die Frist nicht ein, verliert man seine Nummer. Und es wird einem ein Namen zugeteilt. Dann ist es absehbar, wann er zum ‚Verteilernamen' wird. Und als Zuteilung auf einer roten Aggressionskarte erscheint.

Es ist nicht einfach, die Frist einzuhalten.

Die hinweisende Bemerkung ist oft zu vage. Und die Karte wird einem erst eine Woche vor der Frist zugeteilt. Das fordere und fördere die Phantasie des jeweiligen Bürgers. Sagt die 'Behörde'.

Heute ist der Tag 2421.

Vor mir steht dieses Männlein. Mein Opfer. Meine Zuteilung. Und sein jämmerlicher schlotternder Körper spürt wohl schon, dass sein Name auf meiner Aggressionskarte steht.

Die ganze Woche über habe ich mein Opfer aufzuspüren versucht. Keiner der Ober wollte eine der Zuteilungen gesehen haben. Was bei den Tausenden von Leuten, die ständig hier im 'Max-vor-Stadt' herumlungern nicht verwunderlich ist.

Den 'Max-Obern' ist egal, ob ich meinen Termin einhalte.

„Vielleicht geht er nur durch die Türkenpassage," meinte immerhin einer der Ober, als ich gestern Abend noch einmal verzweifelt herumfragte, „wenn er durch die Passage geht, muss er zwar den Café-Ausgang benützen, geht jedoch hinten am Café vorbei..."

Warum sollte jemand hinten am Café vorbei gehen, dachte ich. Aber es stimmt schon. Die Zuteilungen bemühen sich jedwede Begegnung zu verhindern und drücken sich gern hinten am Café vorbei.

Ja, dachte ich, der flapsig dahingesagte Hinweis des Obers könnte meine letzte Chance sein.

Die Aufzugstür öffnet sich.

Der kleine Mann will soeben seinen Fuß über den Sensor heben. Ich weiß nicht, warum er sich nochmal umdreht. Und mir die Gelegenheit gibt, ihn zu mustern.

Ein schmächtiger Körper mit einem kleinen Gesicht voller Nickelbrille. Auf dem Mantelrevers kann ich nun klar und deutlich erkennen:

‚Sebastian'. Sein Verteilername. Meine Zuteilung.

Warum zögere ich noch?

Wenn er in den Aufzug steigt, verliere ich ihn womöglich aus den Augen. Und es bleiben mir nur noch wenige Minuten bis zur Ausführung meines Auftrags.

Ich gebe mir einen Ruck. Gehe mit schnellen Schritten auf ihn zu. Packe ihn entschlossen am Mantelkragen. Ziehe ihn von der Aufzugstür zurück. Seine Nickelbrille fällt in den Fahrstuhl. Die Tür schließt sich. Die Brille fährt nach unten.

Ich erinnere mich an meine früheren Zuteilungen. Bin überrascht, dass der Mann sich nicht wehrt. Er sieht verängstigt zu mir hoch, seine Augen zu einem Blinzeln verengt. Ohne die Nickelbrille wirkt sein Gesicht noch kleiner. Seine wulstigen Lippen umrahmen wie Würstchen seinen halb offenstehenden Mund. Ich schaue auf zwei gelblich braun gesprenkelte Zahnreihen.

Er sieht wirklich nicht gut aus. Denke ich.

Ich lasse von ihm ab. Stecke meine Hände wieder in die Manteltaschen zurück. Jetzt bedauere ich, mich für diese Art der Erledigung entschieden zu haben. Ich hätte mich darauf vorbereiten sollen, wie es sein würde, wenn ich meinem Opfer direkt gegenüberstehe.

Ich durchforsche mein Gehirn nach einer anderen möglichen Methode, meinen Auftrag zu Ende zu bringen. Doch alles in mir konzentriert sich auf meine Finger. Die sich in meinen Manteltaschen verkrampfen.

Es will mir keine andere Methode einfallen.

Die 'Behörde' erlaubt keine Waffen. Würde ein Pflasterstein als Waffe gelten? Vielleicht eine Eisenstange? Ich sehe jedoch weder eine Eisenstange noch einen Pflasterstein in Reichweite. Meine Hände fangen an zu zittern. Ballen sich zu Fäusten.

Obwohl ich ihn nicht mehr festhalte, bleibt der kleine Mann, wie erstarrt, vor mir stehen, blinzelt zu mir hoch. Was versucht er zu erkennen? Er weiß, dass er keine

Gnade erwarten kann. Aber natürlich wird er trotzdem darauf hoffen. Vielleicht sieht er mich auch gar nicht, ohne seine Brille.

Ich muss nicht auf meinen Armanzeiger schauen, um zu wissen, dass meine Frist gleich abläuft. Ich spüre Schweiß auf meinen Handflächen.

Der kleine Mann steht immer noch bewegungslos vor der Aufzugstür. Ich wünschte mir, er würde sich umdrehen. Davonlaufen. Wünschte mir, dass ich mich in einem Traum befände. Aus dem ich nur erwachen müsste.

Doch der kleine Mann dreht sich nicht um. Er blinzelt weiter zu mir hoch. Er weiß, dass ich es tun werde. Dass ich es tun muss. Und ich weiß, dass ich nicht erwachen werde. Dass ich es tun muss.

Entschlossen ziehe ich meine Hände aus den schützenden Manteltaschen und greife mit allen zehn Fingern fest um den Hals von ‚Sebastian'.

Meine Fingerkuppen sind schweißnass und ich rutsche mehrmals ab. Meine Daumen versuchen an seinem auf und ab hüpfenden Kehlkopf Halt zu finden. Ich spüre feuchte Wärme in meinem Körper und würde meinen Mantelthermostat gern kleinerstellen. Habe aber keine Hand frei.

Mein Gegenüber hört auf zu blinzeln. Starrt mich jetzt mit grünlichen Äuglein wissend an.

Noch einmal zögere ich.

Spüre wie mich meine Körperwärme verlässt. Und in meinen Kopf steigt. Meine Finger halten seinen Hals umschlossen. Und drücken zu.

Der kleine Mann wehrt sich noch immer nicht. Nur seine Halsmuskulatur bewegt sich heftig. Wieder höre ich das Knacken meiner Fingergelenke und ein raues Röhren aus der Kehle vor meinem Gesicht.

Säuerlicher Geruch sticht mir in die Nase. Geruch von Einheitskohl. Ich sehe, wie sich die rosaweißen Augäpfel nach oben drehen, die Halsadern anschwellen und sein Gesicht sich violett färbt.

Mein Magen stülpt sich nach oben und schiebt seinen noch unverdauten Inhalt in meine Speiseröhre zurück.

‚Sebastian' sieht mich erschrocken an. Als fürchtete er, ich würde meinen Mageninhalt über ihn entleeren. Vielleicht hatte er auch immer noch gehofft, ich würde es nicht tun. Und begreift nun, dass ich nicht aufhören werde, meine Hände um seinen Hals zu pressen.

Er weiß jetzt, dass ich es tun werde. Dass ich es tun muss.

Fragen schießen in meinen Kopf. Und verlassen ihn unbeantwortet wieder.

Warum wehrt sich dieser Mann nicht? Warum gibt er keinen Ton von sich?

Wie soll er denn was sagen, wenn du ihm die Luftzufuhr abdrückst? Faucht eine Stimme aus meinem Inneren.

Und ich lockere meinen Griff.

Vielleicht will er mir ja doch was sagen?

Ich warte.

Doch der Mann sagt nichts. Würgt und röchelt vor sich hin. Während seine grünen Pupillen unstet hin und her hüpfen.

Auch ich würge.

Bemühe mich, den aufgestoßenen sauren Brei aus meinem Schlund wieder in den Magen hinunterzuschlucken. Dabei erinnere ich mich wieder, was geschieht, wenn ich meinen Auftrag nicht erfülle. Erhöhe nun den Druck meiner Hände und presse meine Finger so fest ich kann um den Hals von Sebastian. Drücke, drücke, drücke.

Seine Hände zucken noch eine Weile in seinen Manteltaschen herum. Er hat wohl Angst, seinen Thermostat loszulassen. Seine Zungenspitze wird weiß und sputzt fortwährend Speichelpartikelchen gegen meine Unterarme. Sein Kopf wird jetzt dunkelblau. Die Haut über seine Backenknochen spannt sich. Er würgt noch ein paar Mal. Dann weicht die Erschrockenheit aus seinen Augen. Die

Farbe läuft aus seinem Gesicht. Seine Lippen formen sich zu einem Lächeln. Als habe er schon viel zu lange auf diesen Augenblick gewartet. Und er nun endlich aus sich befreit und von sich selbst erlöst ist.

Das Röcheln hört auf. Die Pupillen sind in seinem Kopf verschwunden. Seine Halsmuskeln entspannen sich. Und er hört endlich auf zu spucken.

Stattdessen würge *ich* nun aus mir heraus, was bereits in meinem Mund angekommen ist. In heftigen Stößen katapultiert auch all das aus mir heraus, was sich noch in meinem Magen befindet. Und verteilt sich auf ,Sebastians' Schuhen.

Ein leises Aufplumpsen unterbricht kurz das Sirren in meinen Ohren, als ich ,Sebastian' aus meinen Händen gleiten lasse. Obwohl er keinen Widerstand geleistet hat, fühle ich mich erschöpft. Lehne mich gegen die Kunststoffwand der Passage. Dann reiße ich das nur leicht aufgenähte Schild mit dem Verteilernamen vom Mantelrevers meiner Zuteilung. Stecke es zusammen mit meiner roten Karte in einen Umschlag. Auf die Rückseite schreibe ich meine Nummer.

Ich hole den Lift und schwebe nach unten.

Die Nickelbrille zerknirscht unter meinen Bakelitschuhen.

Am Eingang des naheliegenden 'Luisencenters' stecke ich den Umschlag in einen bereitstehenden roten Aggressionskasten und halte meine Nummernkarte über den Kartenleser.

Im vierten bis siebten Stock des 'Luisencenters' befinden sich die italienischen Lokale.

Ich fahre in den fünften Stock. Hier gibt es Nudeln in allen Größen und Sorten mit Soßen in allen Kombinationen (,Präsugos'). Ich bestelle Spaghetti 461 und trinke Einheitsrotwein.

Überall hier im 'Luisencenter' gibt es nur kleine Tischchen mit jeweils einem Stuhl. Tisch und Stuhl sind miteinander verbunden und am Boden festgeschraubt.

Die 'Behörde' will nicht, dass man gemeinsam isst.

Durch die Glaswand erkenne ich die Leuchtziffern der Zentraluhr.

Es ist 23 Uhr 58.

Für diese Woche habe ich's geschafft!

Gerade noch.

Nächste Woche wird meine Nummer nicht, in einen Verteilernamen umgewandelt, auf einer roten Aggressionskarte stehen.

Ein graues Mädchen setzt sich an den ein paar Meter neben mir angeschraubten Tisch. Und schaut zu mir herüber. Ich kann ihre Nummer nicht erkennen. Wende meinen Blick von ihr ab.

Gemeinsam schauen wir durch die Glaswand.

Es ist nebelig.

Rendezvous im Strahlenghetto

Ich wusste nichts von meinen verbotenen Gefühlen und Neigungen, die ich für längst ausgerottet hielt.

Bis ich Marianne kennenlernte.

Vermutlich haben sie schon lange vorher unter der behördlich zugelassenen Verhaltensschale tief in mir gegärt. Und ich habe sie unbewusst zu unterdrücken versucht.

Ich wusste, ich hätte niemals mit jemandem darüber reden können. Nicht mit meiner ‚Pflichtpartnerin‘. Und auch nicht mit meinen Freunden.

Meine Freunde, das sind die Nachbarn. Die mit mir auf dem gleichen Stockwerk wohnen.

Heute wählt man sich seine Freunde nicht mehr aus. Es hängt es vom Stadtteil ab, wie viele Freunde man hat. Das ist heutzutage behördlich gelöst.

Ich, Nummer 55m, wohne im Einheitsblock ‚Moltkestraße‘ im Münchner Stadtteil 3, ehemals ‚Schwabing‘, auf der 50. Etage.

In diesem Stadtteil wohnen nur ‚Obere Behördenmitglieder‘, heterogene Paare ohne Kinder. In jeder Einheitsetage gibt es 10 ‚Einheitsappartements‘, jeweils für ein männliches ‚Oberes Behördenmitglied‘ und eine sterilisierte ‚Pflichtpartnerin‘. Dementsprechend werden weiblichen ‚Oberen Behördenmitgliedern‘ männliche sterilisierte ‚Pflichtpartner‘ zugeteilt.

Also haben meine ‚Pflichtpartnerin‘ und ich 18 Freunde.

Es gibt kein langes Herumtelefonieren mehr. Keine nervigen und zeitraubenden Besuchsfahrten. Alle unsere gemeinsamen Freunde befinden sich auf unserer Etage.

Nummer 55w ist eine Partnerin, wie sie sich viele wünschten. Ihre Haut ist metallisch glatt und kühl. Ihre Augen wunderbar leer. Ihre Bewegungen stereotyp. Sie spricht nur das Notwendigste. Ist willig. Ohne eigene Meinung. Eine Traumfrau, würde man heute sagen.

Auch beim sogenannten 'Sexuellen Spannungsabbau' („SeSpabau") ist sie eine ideale Partnerin. Sie ist nur auf Wunsch aktiv. Zeigt keine hinderlichen Gefühle. Und ist beim geringsten Anzeichen meiner Erregung unverzüglich in Bereitschaft. Sie verschont mich mit Erklärungen. Stellt keine Forderungen. Sie spricht nicht. Sie stöhnt nicht. Sie ist perfekt.

Und doch, seit ich Marianne begegnet bin, erregt mich 55w nicht mehr.

Es war vor einem Jahr.

Damals noch Beauftragter der Atommüllbehörde, hatte ich den Spezialauftrag, die Möglichkeiten einer eventuellen Resozialisation im „Strahlenghetto", dem ehemaligen ‚Grünwald' zu überprüfen. Das war keine schöne Aufgabe. Und ich fragte mich, welcher Verleumdung ich diesen unguten Auftrag zu verdanken hatte.

Im Ghetto befinden sich alle Strahlenverseuchten Münchens. Hermetisch von der Außenwelt abgeriegelt. In riesigen Hallen zusammengepfercht. ‚Aufbewahrt' für Experimentierzwecke.

Schon am Mariahilfplatz sah ich die ausladende anthrazitfarbene Strahlenschutzkuppel durch den Dunst der Stadtfilteratmosphäre (‚Stafitmos') glimmen. Und ab dem 'Giesinger Geigerturm' war alles voller ‚Strahlenpolizei'.

Ich wurde mehrere Male nach meinem Ausweis und meinem Geheimcode gefragt. Dann gelangte ich endlich in die ‚Verbotene Zone'.

Im ‚Strahlenghetto haben sie noch Namen statt Nummern. Ansonsten ist die Namengebung längst abgeschafft. Namen seien zu umständlich, zu unpräzise und irreführend, sagt die Behörde.

Die Aufseher führten mich durch die Hallen.

Als sie sahen, wie ich beim Anblick all dieser verunstalteten Wesen zurückschreckte, warfen sie sich merkwürdige Blicke zu. Und ich erinnerte mich, dass ich nicht zum Schauen hierhergekommen war.

Ich hatte einen Auftrag.

Und während ich die absonderlichen Wesen auf ihre Brauchbarkeit in unserer ‚Jetztgesellschaft' (‚JZG') überprüfte, bemühte ich mich um ein ausdrucksloses Gesicht.

Einige Sechshänder konnte ich als Ersatzverteiler in die Aggressionskarten-Magazine eingliedern. Wenn einer der Operatoren mal überholt werden musste. Oder ausfiel. Verschiedene Sprachgestörte und sich epileptisch Verrenkende wies ich der Unterhaltungsbranche zu. Großes Lob der ‚Jetztzeitzentrale' (‚JZZ') und anschließende Beförderung brachte mir der Vorschlag, einen Großteil der unbrauchbaren Ghettowesen als Material für die beliebten ‚Unfallspiele' (‚UfaSple') zu verwenden. Eine moderne Abart antiker Gladiatorenkämpfe mit den heute zu Verfügung stehenden technischen Mitteln. Ineinander krachende Seilbahnen. Zug-, Auto oder Flugzeugkollisionen. Absichtlich herbeigeführt, natürlich.

‚Antike' hallte es in meinem Kopf wider. Und ich schalt mich selbst dafür, dass ich an die Vergangenheit zurückdachte. Statt mich ausschließlich ins Gegenwärtige einzufügen. Wie es die Behörde von einem ‚Jetztzeitbürger' erwartete.

Es war in Halle 4, wo sich plötzlich eines dieser absonderlichen Wesen aus dem Gestaltenbrei herauslöste. Und buchstäblich auf mich zu rannte.

Die Aufseher wollten gerade eingreifen. Da blieb das missgestaltete Wesen ruckartig vor mir stehen. Und glotzte mich mit einem unergründlichen Grinsen an.

Das sei Marianne, klärten sie mich auf. Eine Nummernlose, wie alle hier. Sie sei so eine Art Anführerin unter ihresgleichen. Was sie vormache, machten die anderen nach.

Sie bewegte sich, immer noch grinsend, gebückt und mit eingezogenen Nacken, wie ein Raubtier auf mich zu.

Die Aufseher bauten sich zwischen ihr und mir auf.

Ich schüttelte den Kopf. Hielt meine Hand abwehrend gegen sie.

Ich empfand keine Bedrohung durch sie.

Fasziniert beobachtete ich, wie Marianne mit ihren langen vielfingerigen Händen ihren Körper begrapschte. Und mich mit fünf unterschiedlich großen Augen musterte. Zwei waren stechendgrün. Die anderen spielten ins Schwarze. Und leuchteten aus einer unergründlichen Tiefe heraus. Alle fünf Augen befanden sich horizontal nebeneinander in ihrem Gesicht. Ihr Kopf drehte sich in alle Richtungen, sodass ihre bunten fünf Augen überall gleichzeitig waren.

Die Aufseher standen angespannt neben ihr. Beobachteten sie und mich forschend. Als erwarteten sie, dass sie jeden Augenblick auf mich losstürzte. Aber sie stand nur da. Befingerte ihren Körper. Und ließ ihre Augen kreisen.

Und plötzlich war ich mir nicht mehr so sicher, ob sich ihr Grinsen auf mich bezog. Oder ob sie nur einfach vor sich hin grinste.

Jedenfalls sprang irgendetwas in ihrem Blick auf mich über, das sich vom ersten Augenblick an in mir einnistete und mich in einer Art erregte, die ich so noch niemals erlebte hatte.

Es gab hier die absonderlichsten Geschöpfe. In unterschiedlichen Hautfarben. Und Verunstaltungen. Schwarze, gelbe, graue, braune und natürlich auch weiße. Zwergenhaft kleine und hochaufragende Hünen. Unvorstellbar dünne und dicke. Bis zur Unkenntlichkeit verkrüppelte Körper.

Bei einigen von ihnen wechselte die Hautfarbe binnen weniger Minuten. Gelbe wurden plötzlich weiß. Weiße schwarz. Und so weiter. Manche hatten unterschiedliche Hautfarben. Die Rümpfe rot und die Extremitäten braun, zum Beispiel. Einige hatten mehrere Hände, andere mehrere Beine und Füße, in unterschiedlicher Länge. Die meisten von ihnen waren vollkommen haarlos.

Ein Panoptikum entstellter menschlicher Körper

Was war es, das mich bei Marianne so sehr erregte, dass es mein Denken betäubte, und alle meine Sinne in Aufruhr versetzte?

Wie alle anderen Ghettoinsassen, war auch sie nackt. Aber es war weder ihre Nacktheit, noch ihr befremdliches Aussehen, was mich aus meinen kühlen Erwägungen zu vertreiben vermocht hätte.

Alles an ihr widersprach den Schönheitsvorstellungen der ‚JZG‘. Und sie verströmte einen befremdlichen Geruch, der wohl ihr eigener Körpergeruch war.

Ich erinnerte mich vage an diesen Zustand völligen Aufgewühltseins aus einer Zeit vor der ‚Jetztzeit‘. Und es war mir peinlich, meinen eigenen Körper so schamlos zu spüren.

Machte sich das längst überwunden geglaubte Animalische wieder in mir breit. War das Tier wieder in mir erwacht? Das uns Jahrtausende beherrscht und uns in unserem Menschsein abgewertet hat? Dachte ich erschrocken.

Ich warf einen misstrauischen Blick auf die Aufseher. Doch sie schienen nichts von dem wahrzunehmen, was in mir vorging. Vielleicht hätten sie sich über mein übermäßiges Interesse an Marianne gewundert, wären sie zu einer Verwunderung fähig gewesen.

Und auf einmal brach Marianne in ein gutturales Grunzen aus. Alles an ihrem Körper spannte sich. Wie bei einer Wildkatze, die sich zum Sprung vorbereitet. Und noch nicht weiß, nach welcher Seite sie springen sollte.

Ihr Unterleib fing kaum merklich zu wippen an. Während ihre schillernden Pupillen in ihren Augenhöhlen kreiselten. Ihr Atem ging stoßartig. Und sie wirbelte ihren Kopf so ungestüm herum, als wollte sie ihn von ihrem Hals schleudern. Wie in rituellen Tänzen bei in ihrer Wildheit zurückgebliebenen Völkern.

Ihre fünf Augen schlossen sich eins nach dem anderen. Während ihr Kopf noch eine Weile rhythmisch rotierte. Dann hoben sich ihre Lider wieder. Die Pupillen waren jetzt in ihrem Kopf verschwunden. Das Weiße ihrer Augen stierte mich aus fünf Höhlen ausdruckslos an.

Ich stand wie aus mir herausgerückt vor ihr. Und erschauerte.

Eine Frau, die ihren eigenen Körper berührte! Eine Frau, die sich von einem Höhepunkt zum anderen zu manipulierten schien! Eine erregte Frau! Unfassbar!

Ich fühlte mich leer und verloren in meinem Körper. Ich spürte Widerwillen, Scham und Gier. Alles gleichzeitig. Alle in mir brodelte. Bedrängte mich.

Um aus dieser unwürdigen Situation herauszufinden, versuchte ich auf irgendeine Weise mein Gehirn zu erreichen, um mein Denken wieder in Kraft zu setzen. Meine Stirnadern pochten. Doch ich kämpfte vergeblich, um mich aus der Knebelung meines Denkens zu befreien. Mich gegen die Gier zu erwehren, die sich mit all meinen Sinnen an Marianne zu krallen begann.

So sehr ich mich bemühte. Nirgendwo erreichte ich den vertrauten Boden der Sachlichkeit. Es gelang mir nicht meinem tobenden Körper zu entkommen.

"Was machst du da, du dummes Ding!?" stieß ich heiser hinter meiner Schutzmaske hervor.

Sofort schoss einer der Aufseher auf sie zu. Stieß Marianne derb zurück. Und noch ehe auch sein Kollege auf sie einschlagen konnte, gelang es mir, meine Lähmung zu überwinden.

Ich hob meinen Arm.

Die Aufseher duckten sich wieder hinter mich zurück.

Und Marianne lachte schallend.

Ihr Lachen rollte wie der Donner in einem jäh aufkommenden Sommergewitter über die Köpfe der Ghettoinsassen hinweg. Wurde von den Kuppeln der Ghettohallen in langen Echowellen zurückgeworfen. Bis es kichernd und glucksend in der Menge der hinter ihr Heranrückenden versackte.

Und auf einmal nahm ich die Bedrohung wahr, die von der ungeheuren Menge entstellter Geschöpfe ausging. Die nur darauf zu warten schienen, auf mich und die Aufseher einzustürmen.

Wie eine Galionsfigur posierte Marianne vor ihrer angriffsbereiten Armee. Die inzwischen laut zu summen angefangen hatte. Während sie selbst mit einem ihrer langen Finger unverwandt auf mich zeigte.

"Dummes Ding, dummes Ding..." lallte sie meine Worte in das anschwellende Summen hinein.

Beunruhigt warf ich einen Blick auf die Aufseher. Im Wissen einer übergeordneten Nummer Folge leisten zu müssen, standen sie abwartend und devot neben mir. Während Mariannes Heer uns tippelnd umringte.

"Dummes Ding, dummes Ding…"

Das Summen war zu einem ohrenbetäubenden Brausen angeschwollen.

Plötzlich stürzte Marianne auf mich los. Umklammerte mit ihren knochigen Armen meinen Brustkorb. Und senkte ihren Kopf auf meinem Hals zu, als wollte sie sich durch meinen Schutzanzug hindurch in meinem Hals verbeißen.

Ich weiß nicht warum ich an meinem Schutzanzug herumnestelte. Vermutlich, um nach dem Abschaltknopf zu suchen, als wollte ich einen Horrorfilm stoppen, der Wirklichkeit war.

Die Ghettoinsassen standen wie eine undurchdringliche Wand aus ineinander verhakten menschlichen Körpern, im Halbkreis um Marianne um uns herum. Das Summen wurde immer lauter.

"Dumm Ding, Ding dumm, dummdumm, Dingding..." gesellte sich der eintönige Singsang, wie die Nationalhymne der Entrechteten und Verstoßenen in immer schrilleren Tönen dazu.

Endlich löste ich meine Erstarrung.

Und nun erwachten auch die Aufseher aus ihrer Lethargie. Drangen stoßend und prügelnd gegen die Ghettoinsassen vor, die Marianne wie ein auf dem Schlachtross reitender Feldherr überragte.

Betäubt ließ ich mich aus der Halle führen. Die plappernden Entschuldigungen der Wärter begleiteten mich bis zum Ausgang. Die Tore hatten sich noch nicht geschlossen, da brach ich am Schutzgitter zusammen.

Nach einem dreiwöchigen Kuraufenthalt am Tegernsee, wurde ich in die ‚JZZ' aufgenommen. Als Entschädigung für diesen unwürdigen Vorfall und wegen meiner großen Erfolge bei der gesellschaftlichen Wiedereingliederung etlicher Ghettoinsassen.

Und obwohl ich mich zutiefst dafür schäme, in diesen unwürdigen Zustand hineingeraten zu sein, kreisen meine Gedanken auch nach diesem Kuraufenthalt weiter um Marianne.

Schließlich frage ich bei der 'Zentralen Erlaubnisstelle' (‚ZentErStel') nach, ob man mir einen weiteren Besuch in ‚Grünwald' genehmige.

Niemand geht freiwillig ins Strahlenghetto. Und schon gar nicht nach dem bekannten Vorfall. Der in den Behördencafés raunend die Runde machte. Doch angesichts meiner Verdienste wird meinen Ersuchen bereitwillig stattgegeben. Sie vermuten wohl, mir könnten weitere Sozialisierungsmöglichkeiten eingefallen sein, die ich zu überprüfen gedachte.

Heute ist es soweit.

Um 15 Uhr werde ich Marianne wiedersehen! Vergessen ist der Ekel, den ich bei ihrer unerwarteten Attacke empfand. Vergessen sind Scham und Bedrohung.

Und ich weiß nicht, warum mir gerade heute auffällt, dass die Uhrzeit noch wie in der Alten Zeit gemessen wird. Alles wurde nach der Niederschlagung der letzten globalen Revolution geändert. Warum nicht die Zeitmessung?

Entzieht sich die Zeit menschlicher Unterordnung?

Bevor ich unser Appartement verlasse, lächele ich meiner schönen grauen Partnerin noch einmal zu. Erst als sie mich befremdet ansieht, wird mir meine unangemessene

Mimik bewusst. Um sie nicht misstrauisch zu machen, schaue ich schnell in alle Richtungen, als lächelte ich nur so vor mich hin.

Nach kurzer Fahrt mit dem gepanzerten Schnellbus für Behördenmitglieder erreiche ich neuerlich die Sperrzone.

Und schon jetzt sehe ich Marianne vor mir. Wie ihre spinnenlangen Finger über ihren verformten Körper tasten. Und ich höre sie diese gutturalen Laute ausstoßen. Die mich zum Erschauern bringen.

Es sind dieselben Aufseher die mich empfangen. Sie geleiten mich, ohne eine Geste des Wiedererkennens durch die Hallen.

Wie ferngesteuert gehe ich hinter ihnen her.

Letzte Alarmzeichen klaren Denkens wabern durch mein Gehirn.

Es ist unausdenkbar!

Ich, ein angesehenes Mitglied der ‚JZZ‘, schwindle mich mit verborgenen Absichten, unter dem Vorwand eines von höchster Stelle diktierten Auftrags ins Strahlenghetto! Ich, die Nummer 55 m, wohnhaft im privilegierten Stadtteil 3, im Einheitsblock ‚Moltkestraße‘, auf der 50. Etage. Vorbild für Milliarden von Bürgern, sehne mich nach einer Begegnung mit einem als Abfall der Menschheit erachteten Wesen im gefürchteten Strahlenghetto!

Ich, der ich habe, was Milliarden von Menschen für erstrebenswert halten, setze meine unmittelbar bevorstehende Karriere, zu den ‚Ersten Zehn‘ befördert zu werden und mein Leben aufs Spiel, um Marianne, die Führerin einer Armee der Weggesperrten, noch einmal begegnen zu dürfen.

Dann enden die warnenden Klopfzeichen in meinem Gehirn und das ungestüme Tosen meines Blutes treibt mich weiter voran.

Als wir Halle 4 betreten, sehe ich sie schon weitem, wie sie sich riesenhaft über die anderem verkrüppelten Kreaturen erhebt, die sich wild gestikulierend um sie herum drängen.

Als habe sie mich schon erwartet, löst sie sich aus der Menge. Wippt mit ausladenden Schritten auf mich zu. Und lässt ihre fünf Augen alternierend um mich kreisen. Ihr Kopf schaukelt bei jedem Schritt hin und her.

In immer engerem Abstand folgt ihr die Menge der Verstrahlten.

Mit letzter Willenskraft befehle ich einen strengen Ausdruck in mein Gesicht. Und gebe den beiden Aufsehern zu verstehen, sich zurückziehen.

Sie zögern. Und ich sehe einen Anflug von Unentschiedenheit in ihren Gesichtern. Im Wissen, dass sie gegen eine zweistellige Nummer nichts vorzubringen haben, lasse ich meinen Blick unbewegt auf ihren Gesichtern ruhen. Bis sie sich mit rückwärtsgewandten Schritten und ohne ihrerseits den Blick entfernen. Und die Tore hinter ihnen zugleiten.

Eine gespenstische Stille breitet sich aus. Als hielten alle die Wesen in dieser Halle den Atem an.

Marianne steht hünenhaft vor mir.

Ihre Pupillen verdrehen sich nach innen. Das Weiße in ihren Augen ist starr auf mich gerichtet.

Und jetzt halte auch ich meinen Atem an.

"Dummes Ding, dummes Ding, dummes Ding," flüstert sie gegen das anschwellende Summen der aus dem Hintergrund herandrängenden Leiber. Und wie in einem gleichzeitigen langen Ausatem tönt aus Tausenden von Mündern, in immer gleichem schleppenden Rhythmus, der Choral der Geächteten:

"Dummdumm, DingDing, dummdumm, DingDing..."

*

Die Zeit verebbt in mir. Oder ich in ihr.

Wie lange bin ich jetzt schon hier unten?

Zuerst haben sie mir meine Nummer vom Mantelrevers gerissen. Dann haben sie mir den Mantel abgenommen. Und schließlich meine gesamte Kleidung. Bald werden sie mir einen Namen zuteilen.

In seltenen Augenblicken werde ich mich vielleicht noch verschwommen daran erinnern, irgendwann mal die Nummer 55m, eine sehr kurze Nummer, gewesen zu sein. Da werde ich bereits vergessen haben, warum das einmal wichtig für mich war.

Vielleicht erscheine ich irgendwann auf einer roten Aggressionskarte. Um noch einmal, vielleicht ein letztes Mal, ein aus der Masse des Wir herausgeschältes Ich zu sein.

Epilog

Wie ein letzter Stromstoß ist es durch meine Nerven gezuckt. Ich spüre, wie sich mein Körper aufbäumt. Sich schüttelt. Ein Schrei meinen Hals bläht. Und eine Lust mich drängt, alles in diesen Schrei hineinzulegen. Alles, was ich nicht gesagt habe. Und jetzt vielleicht noch sagen will. Oder sollte.

Doch es kommt nur wortloses Glucksen aus meinem Inneren.

Dann, als hätte jemand den Stecker gezogen, leeren sich meine Adern.

Ich sehe die Erwartung in euren Gesichtern. Weil mein Mund noch offensteht, meint ihr vielleicht, ich würde noch etwas sagen. Erklärend. Erlösend. Freisprechend. Abschließend.

Aber ich habe keinen Atem mehr, der Worte aus mir herausfließen ließe. Und ich sehe eure enttäuschten Mienen. Versuche euch zuzulächeln. Aber meine Lippen bleiben starr. Und ihr schließt meine Augen.

Ich fühle mich ruhig.

Ich spüre, wie sich eure Gesichter an meine Wangen pressen. Spüre, wie ihr immer und immer wieder meine Hände drückt. Als wolltet ihr für euch etwas rückgängig machen. Was für mich nun abgeschlossen ist.

Ich höre noch eine Weile eure Stimmen. Aber das, was sie sagen, verstehe ich nicht mehr. Es wird stiller um meinen Körper. Und ich spüre wie ein vertraute Kraft mich aus ihm befreit und mit sich wegträgt.

Eine Weile noch erinnere ich mich an all das, was mir eben noch wichtig erschien. Dann, allmählich, fange ich an zu vergessen. Bis auch die Erinnerung an mein Erinnern verebbt.

Dank

an Helmut Blumbach, der mir mit Geduld, wertvollen Anregungen, Korrekturen und hilfreichen Kommentaren bei der Entstehung dieses Buches zur Seite gestanden ist.

R. Daniel Roth,

geboren in Niederbayern.

Internatsschüler am Naturwissenschaftlichen Gymnasium in Deggendorf, dem heutigen Comenius-Gymnasium.

Begabtenabitur am Bayrischen Kultusministerium.

Studierte in München Philosophie, Psychologie, Germanistik, Russisch, Spanisch, Chinesisch und Zeitungswissenschaften.

Arbeitete als Geschenkekistenzunagler. Christbaumverkäufer. Teebeutelabfüller. Vereidigter Briefträger. Bierfahrer. Nachtwächter. Taxifahrer. Lagerarbeiter. Polsterreiniger. Interviewer. Bauarbeiter. Nachhilfelehrer. Koch. Barmann.

Gründete die Studentenkneipe ‚Randstein‘ und die ‚Osteria Baal‘ in München.

Führte zusammen mit seiner Frau 12 Jahre ein Gästehaus in der toskanischen Maremma. Und 12 Jahre auf der Insel Elba.

Lebt seit 2019 als freier Schriftsteller in Landshut.

∗

www.daniel-roth.eu

Weitere Bücher von R. Daniel Roth:

„Der Überfall in der Türkenstraße" (Roman)
Ein hanebüchener Überfall. Die Befreiung von einer Obsession.
Und eine Liebesgeschichte.

„Fliegende Mütter" (Geschichten)

„Der Gesang der Nachtigallen" (Roman)
An einem ungewöhnlich heißen Augustsonntag beschließen die
Einwohner eines kleinen toskanischen Bergdorfs für immer zu schweigen. Sie ahnen nicht, dass sich ein schreckliches Geheimnis hinter ihrem Entschluss verbirgt.

„Heimat" (Roman)
Durch Blitzschlag und Brandstiftung verliert Heinrich Hofer seine
Sprache, wird zum Dorfdepp und versucht, sich aus seiner Rolle zu
befreien.

„Der Große Wagen" (Roman)
Als der kauzige Philipp auf seinen Nachtfluchten die Anhalterin
Anna mitnimmt und mit ihr in die große Ebene hinausfährt, ahnt er
nicht, dass er in einen Sog gerät, der ihn aus sich selbst herauszuzerren
droht…Eine Roadstory zwischen Traum und Wirklichkeit.

„Eine elegante Lösung"
(Geschichten aus dem italienischen Alltag)

„Weltverlierer" (Gedichte)

„Am Bildrand" (Roman)
Schon als sie sich das erste Mal begegnen, spüren Carl und Catrin,
wie ein Funke von einem zum anderen überspringt. Auf einer Reise
in die Toskana versuchen sie zueinanderzufinden. Eine Liebesgeschichte?